AtV

SELIM ÖZDOGAN wurde 1971 geboren und lebt in Köln. Sein erster Roman »Es ist so einsam im Sattel, seit das Pferd tot ist« erschien 1995, der zweite, »Nirgendwo&Hormone«, 1996, die Stories »Ein gutes Leben ist die beste Rache« 1998.

Mitten im Sommer hat Alex eine jener apathischen Phasen, gegen die nur eines hilft: wegfahren! Schneller, als er glaubt, verliebt er sich – und plötzlich ist es da, das Gefühl, unbesiegbar und unsterblich zu sein.

»Köstlich altklug berichtet Alex von Freud und Leid im Bett und am Kneipentresen. Die bockige, sentimentale Geschichte rührt an vertraute Saiten – wer nie in abgrundtiefe Löcher fiel und sich fest vornahm, dortselbst zu verharren, hat in diesem Roman nichts verloren. Für alle anderen ist's eine vergnügliche bis sentimentale Reise in jene frühen Tage, da nichts lief – und alles möglich war.«

Hamburger Morgenpost

Selim Özdogan

Es ist so einsam im Sattel, seit das Pferd tot ist

Roman

Aufbau Taschenbuch Verlag

ISBN 3-7466-1157-1

3. Auflage 1999
Aufbau Taschenbuch Verlag GmbH, Berlin
© Rütten & Loening Berlin GmbH 1995
Umschlaggestaltung Preuße & Hülpüsch Grafik Design
unter Verwendung eines Fotos von Bert Hülpüsch
Satz LVD GmbH, Berlin
Druck Elsnerdruck GmbH, Berlin
Printed in Germany

> Wisst ihr, daß Wörter nur Brandblasen der Seele sind?
> *Rolf Dieter Brinkmann*

> What's the point of changing things?
> A young man said to me
> You can't make people change their minds
> You can't set them free
> Well, fuck you asshole
> I'll set myself free first
> The rest can wait
>
> *Rodney Orpheus*

1

Es war ein Sommerabend, mein Bier war kalt, der Fernseher flimmerte in dem halbdunklen Raum, und ein leichter Wind kam durch das offene Fenster. Ich saß im Sessel, die Füße auf dem Tisch, eine Zigarette im Mund und starrte abwesend auf die bunten Bilder, es lief ein Krimi, einer von denen, die man auch versteht, wenn man nur die letzten fünf Minuten sieht. Es waren noch genug Erdnüsse auf dem Tisch, es war genug Bier im Kühlschrank, ich hatte 5000 Mark auf dem Konto, vielleicht hätte ich mich wohlfühlen können, ich weiß es nicht, nenn es Sommerloch oder nachpubertäre Depression, aber irgendwie kotzte mich alles an – Bücher, Sex, Drogen, Musik, Kino, Tanzen, Schreiben, Schwitzen –, ich wollte mehr oder das Handtuch schmeißen. Mir fehlte das kleinste bißchen Energie, mich zu erheben. Mitten im Sommer, mitten im Leben, lebte ich seit Wochen eine meiner apathischen Phasen aus. Lebensdurst & Todessehnsucht und das lähmende Gefühl, das alles schon mal erlebt zu haben, daß nichts die Mühe lohnt machten sich breit. Auf dem Bildschirm gab es eine Schießerei, der Böse wurde angeschossen und verhaftet, Friede, Freude, Eierkuchen und dazu noch das nonchalante Grinsen des Kommissars, ein Querkopf, immer Ärger mit seinem Vorgesetzten, ein machohaft-lässiges Auftreten mit der Gewißheit, wieder mal alles richtig gemacht zu haben, einfach unwiderstehlich zu sein. Und Millionen von frustrierten Hausfrauen wünschten sich jetzt insgeheim einen Kerl wie ihn, während ihr Mann in der Kneipe die Kellnerin begrapschte. Das Leben war ein Scheißdreck.

Dann die Spätnachrichten, ich holte mir vorsichtshalber noch eine Flasche Bier, stellte die leere in den Kasten, ging pinkeln, wusch mir die Hände und besah mich eindringlich im Spiegel. Es klappte, ich kam rechtzeitig zur Wettervorhersage, ich wollte nicht hören, wie schlecht es um die Welt stand, die Welt kümmerte mich nicht, ich hatte genug Probleme mit mir selbst. Der Meteorologe kündigte in Anzug und Krawatte für morgen wieder hochsommerliche Temperaturen an – bis zu 32 Grad im Süden Deutschlands – und wünschte mir noch eine gute Nacht.

Ich dankte ihm und wünschte mir nichts sehnlicher, als ein paar Tage durchzuschlafen. Ich fand mein Leben unerträglich, vielleicht würde mir eine Abwechslung gut tun, ab und an muß man sich selber in den Arsch treten, um nicht völlig zu versumpfen, schon seit vier Tagen fuhr ich abends in Gedanken weg, unfähig, auch nur den Autoschlüssel zu suchen. Ich wollte noch einen Schluck nehmen, doch ich knallte mir die Flasche gegen die Zähne, und ein Stück vom Schneidezahn brach ab, ich war wohl ziemlich besoffen.

Jeden Abend ein paar Flaschen, ein Telefon, das nicht klingelte, und ein Fernsehprogramm, das ich oft genug wie ein Taubstummer über mich ergehen ließ, so sah es bei mir im Moment aus. Es stellte sich natürlich die Frage, warum das so war und wer daran schuld hatte. Ich kannte eine Menge Leute, allesamt nichtssagende Langweiler, ich war froh mich nicht mit ihnen abgeben zu müssen, aber ich fühlte mich gleichzeitig ignoriert. Ich wollte, daß man sich für mich interessierte, obwohl ich mir nicht sicher war, ob ich überhaupt etwas Interessantes zu bieten hatte.

Okay, sagte ich mir, das war's, genug in der Scheiße gebadet, fahr wirklich weg, versuch mal, 'nen klaren Kopf zu kriegen.

– Hallo Kai, ich bin's, Alex.
– Hi, wie geht's?
– Geht so ... Ist es in Ordnung, wenn ich morgen früh bei dir bin?
– Klar, aber was ist denn?
– Ich muß einfach weg hier.
– Kein Ding, komm vorbei.

Ich hatte zusammen mit Kai das Abitur gemacht, und irgendwie hatte es ihn nach München verschlagen, hinterher. Er war mein Freund, für ihn und Henry würde ich mir jederzeit meinen rechten Arm abhacken lassen, bedenkenlos, für die beiden bin ich da, wenn es hart auf hart kommt. Und in guten Zeiten gehen wir zusammen flippern, machen einen hohen Deckel, liegen in der Sonne, fahren weg oder was auch immer, jedenfalls haben wir eine Menge Spaß.

Henry trieb sich schon seit einem halben Jahr in Mexiko rum. Kai erzählte mir, er würde Geschichte studieren. Klar, er war eingeschrieben an der Uni, aber irgendwie konnte ich ihm nicht richtig glauben, er sich selbst wohl auch nicht. Wir sahen uns in letzter Zeit nicht mehr so oft, wir schrieben uns auch nicht unbedingt, was zwischen uns herrschte, brauchte nicht bekräftigt zu werden. Zum ersten Mal war es mir in der Schule aufgefallen, als die Lehrerin fragte: – Seid ihr auch alle vollzählig da? Kai und ich blickten uns an und mußten breit grinsen, wir dachten dasselbe, wir hatten die Augen und Ohren weit offen, das war manchmal frustrierend, da man sehr viel Elend und

Dummheit um sich herum entdeckte, doch meistens amüsierten wir uns köstlich, wenn es auch manchmal nichts zu lachen gab. Ich hatte Kai geholfen, als seine Freundin ihn nach vier Jahren verlassen hatte, ich hatte ihm Geld geliehen, als er eine Pechsträhne beim Spielen erwischt hatte, ich hatte seine neue Wohnung tapeziert und gestrichen, als der mit Fieber flachlag und sein Auszugstermin immer näher rückte. Er hatte meine Abiturklausur in Mathe geschrieben, ohne ihn wäre ich garantiert durchgerasselt.

Mit Henry verhielt sich die Sache etwas anders. Henry war unzuverlässig, er konnte fröhlich lächend und ohne Gewissensbisse anderthalb Stunden zu spät zu einer Verabredung kommen, selbst wenn man ihm gesagt hatte, man brauche gerade dringend jemand zum Reden. Ihn schätzte ich mehr für seine Fähigkeit, einen mitzureißen, seine bodenlose Begeisterung auf andere zu übertragen, seinen starken Willen und die Gelassenheit mit der er Dinge so nahm, wie sie kamen, oder sie sich nachträglich zurechtbog, wenn sie ihm nicht paßten. An Henry mochte ich vor allen Dingen die Seiten, die ich an mir vermißte.

Egal, wie sehr ich mich selbst bemitleide, egal, was auch immer kommen mag, es gibt mir ein gutes Gefühl, gleich zwei Freunde auf diesem Planeten zu haben. Egal, wie weit sie weg sind, ob ich sie gerade erreichen kann oder nicht, sie sind irgendwo da draußen und denken ab und zu an mich.

Ich schmiß eine Handvoll Amphetamine ein, ich wollte sofort los, doch zuerst mußte ich den Autoschlüssel suchen. Nach einer halben Stunde fand ich ihn in der Tasche meiner Lederhose, die hatte ich zuletzt Anfang Frühling angehabt.

Kurz vor der Autobahnausfahrt mußte ich wenden

und zurück nach Hause fahren, ich hatte ein paar Sachen vergessen, Schlafsack, frische T-Shirts und Shorts, eine Zahnbürste und drei oder vier Kassetten für unterwegs. Man sollte nichts überstürzen im Leben.

Manchmal ist es ein tolles Gefühl, nachts auf der Autobahn zu fahren, mit fettigen Haaren, Bartstoppeln und glutroten Augen, Richtung Süden, Smoke on the water, Sally MacLennane, Sweet child o'mine und A new England im Recorder, mit 120, 140 Stundenkilometern, immer vorwärts, den Mond vor Augen, bis es langsam dämmert und die Sonne, rot wie eine Blutorange, urplötzlich hinter einer Kurve auftaucht, nicht unerwartet, aber trotzdem überraschend. Einfach so fahren, mit dem Auto verschmelzen, an nichts mehr denken, nur geradeaus, immer weiter, während die Straße wie von alleine vorüberzieht, dafür kann ich mich begeistern, so könnte ich ziellos weiterfahren oder, wie einmal jemand gesagt hat: Leben ist wie fahren. Alles was da ist, ist nur für einen kurzen Augenblick da.

Es ist, als ob der Motor das Knurren der Seele übertönen würde.

Kurz nach Sonnenaufgang hielt ich an einer Raststätte, tankte und pinkelte, sehr gute Gründe anzuhalten. Außerdem fühlte ich mich etwas steif, ich joggte ein wenig und dehnte meine schmerzenden Muskeln. Dann setzte ich mich auf die Motorhaube, um zu verschnaufen, und rieb mir die Augen, noch 150 Kilometer, ein Klacks, dachte ich. Und irgendwie hatte ich ein gutes Gefühl.

Das gute Gefühl wollte mit Kaffee gefüttert werden, doch ich hatte keine Lust auf Menschen, also entschied ich mich für den Automaten. Kaum hatte ich mein Markstück eingeworfen, tippte mir von hinten jemand auf die Schulter, ich drückte den Knopf für Schwarz mit Zucker und drehte mich um – ich war auf alles gefaßt, manchmal erleichtert es einem die Sache, sich auf das Schlimmste vorzubereiten, nur weiß man nie genau, was nun das Schlimmste ist.

Er war vielleicht einen Kopf größer als ich, schmächtig, unauffällig, aber teuer gekleidet, mit einer Gesichtsfarbe wie Leberwurst.

– Läßt du mich mal von deinem Kaffee probieren, der da drinnen kostet drei fünfzig die Tasse, das ist eine Unverschämtheit, und mit Automaten habe ich schlechte Erfahrungen gemacht. Ich will da jetzt nicht eine Mark einwerfen und dafür nur so eine billige Brühe bekommen, das wäre ja die Höhe, also ich wollte mal einen Schluck probieren. Vor ein paar Stunden hatte ich einen Kaffee aus dem Automaten, der schmeckte original nach Hühnerbrühe, und letzte Woche, letzte Woche da ...

Ich drückte ihm meinen Becher in die Hand und schenkte ihm ein Lächeln obendrein, ich glaube, ich habe ihm sogar freundschaftlich auf die Schulter geklopft, bevor ich zu meinem Wagen ging. Er brüllte mir noch hinterher.

– Hey, warte, so war das nicht gemeint ... ich wollte doch nur ...

Die Ohren des Schmerzes sind taub für die Schreie der Dummheit. Trotzdem ließ ich es mir nicht nehmen, meinen rechten Mittelfinger in die Luft zu strecken.

In spätestens zwei Stunden würde ich bei Kai in der Küche sitzen, wir würden Kaffee mit Cointreau trinken. Brötchen, Toast, Wurst, Käse, Marmelade, Quark, vielleicht sogar Waffeln mit Sahne, es würde alles geben, was das Herz begehrt, der Idiot konnte mir meinen leichten Anflug guter Laune nicht wirklich verderben, außerdem bekam ich seit Wochen zum ersten Mal richtig Hunger, wenn ich an den gedeckten Tisch dachte. Das war schon mal ein gutes Zeichen.

2

Kai schluckte seinen letzten Bissen runter, trank noch einen Schluck Kaffee und fragte:
– Sag mal, irgendwas Besonderes?
Das Fenster war weit auf, die Sonne knallte auf all die Leckereien auf dem Küchentisch, und während Kai sich eine Zigarette anzündete, antwortete ich mit vollem Mund:
– Sehnsüchte, Depressionen, Langeweile, Lethargie, Einsamkeit, halt die ganze Palette.
Er sah mich an, und ich wußte, daß er ein Grinsen unterdrückte, nichts ist komischer als die Tragik des Lebens und das Unglück. Ich mußte auf einmal laut loslachen, über mich, mein Leben, diesen häßlichen Drei-Tage-Bart, über die schmelzende Butter, so richtig befreiend, aus dem Bauch heraus, und Kai stimmte auch sofort mit ein. Ich lachte so lange, bis ich das Gefühl hatte, mein Frühstück würde mir wieder hochkommen, und dann brauchte ich noch mal fünf Minuten, um mich zu beruhigen.
Ich war müde, völlig erledigt, das Ganze schien mir nur noch ein schlechter Witz zu sein. Ich liebe diese Momente, in denen man so fertig ist, daß es sich auf einmal wieder in Euphorie verwandelt, in denen irgendwelche köstlichen Drogen freigesetzt werden im Körper, Momente, in denen man seinem Gegenüber einen Löffel voll Schlagsahne ins Gesicht flitscht. Ich begann, mich gut zu

fühlen und genehmigte mir noch einen Schluck aus der Cointreau-Flasche.

Kai nahm seine Brille ab und wischte mit einem Taschentuch die Sahne weg. Ich verkündete mit feierlicher Stimme:

– Mein Leben kommt mir vor wie ein achtlos weggeworfener Liebesbrief.

Wir saßen eine Weile schweigend am Tisch und lauschten der ersten Pixies-LP, die Kai aufgelegt hatte, das war Sommermusik, ungestüm, laut, wild, ohne klare Strukturen, aber mit zuckersüßen Melodien, die aus dem Krach emporstiegen.

Es war ein angenehmes Schweigen, keiner bemühte sich krampfhaft um Worte, mein letzter Satz schwebte im Raum, aber das war in keiner Weise peinlich. Ich konnte mich ruhig zurücklehnen, einen allerletzten Schluck nehmen, noch eine allerletzte Zigarette rauchen, in die Sonne blinzeln. Ich konnte mir Zeit lassen, bevor ich mich erhob, nichts war in diesem Moment wirklich wichtig, außer diesem angenehmen, schweren Gefühl, der Vertrautheit und dem Lachen der Morgensonne.

Ich weiß beim besten Willen nicht, wie lange wir so dagesessen haben, die Platte war auf einmal zu Ende, und ich merkte, wie müde ich war.

Kai hatte die Füße auf der Fensterbank und ein Lächeln auf den Lippen, der Sommer schien ihm gutzutun.

– Haste was dagegen, wenn ich mich erst einmal ein paar Stunden hinlege?

– Ne, kein Ding. Knall dich einfach auf mein Bett ... Willste heute abend was Besonderes machen? Ich habe noch eine Flasche Wild Turkey im Kühlfach ...

– KLAR. Trinken ist vielleicht nicht die beste Lösung, aber die einzige. Hab ich mal irgendwo gelesen.

Das Bett fühlte sich sehr gut an, doch ich versuchte, noch so lange wie möglich wach zu bleiben, versuchte, mit diesen zauberhaften Verwirrungen und Halluzinationen des Halbschlafs zu spielen, kurz vor dem Eintauchen in den Schlaf. Ein Dahingleiten auf der Oberfläche, ohne Kontrolle über das Hirn, aber immer wach genug, um mitzukriegen, was darin passiert, das allerschönste Chaos, ein Gefühl wie ein Vollrausch. Mit einem Hauch von Begeisterung umgeben, verlor ich dann die Kontrolle und fiel in einen Schlaf, der sich anfühlte wie ein Stein.

Als ich aufwachte, dämmerte es bereits, Scheiße, dachte ich, gerade jetzt, wo du beginnst, dich besser zu fühlen, ändert sich dein Rhythmus so, daß du kein Tageslicht mehr abkriegst, du mußt aufpassen, daß du nicht versackst, gerade jetzt, wo das Ende der Talfahrt abzusehen ist, gerade jetzt, gerade jetzt, gerade jetzt echote es in meinem Kopf, dabei ist kein Zeitpunkt besser oder schlechter als ein anderer.

Ich ging in die Küche und machte den Kühlschrank auf, ich hatte fürchterlichen Brand, da stand eine Tüte Grapefruitsaft, ich schnappte sie mir, riß die Ecke mit den Zähnen auf und kippte die erste Hälfte stehend in einem Zug. Dann erst schmiß ich die Kühlschranktür zu. Auf dem Tisch lag ein Zettel: Moin Alex, bin mal zwei Stunden weg, fühl Dich wie zu Hause, Du weggeworfener Liebesbrief. Die Welt ist schlecht, das Leben ist schön. Kai.

Auch gut, ich legte die Miami von Gun Club auf, drehte den Knopf am Verstärker ziemlich weit nach rechts und ging dann unter die Dusche. Während das Wasser auf meinen Schädel prasselte, fühlte ich mich wie zu Hause. Tropfend stellte ich mich dann vor den Spiegel, nahm Kais Rasiergel, ein grünlich-schleimiges Zeug, das sich auf wunderbare Weise auf meinen Wangen in weißen Schaum verwandelte, ich steckte eine neue Klinge in den Rasierer und gab mir wirklich Mühe, am Ende war mein Gesicht so glatt, daß eine Fliege darauf ausgerutscht wäre. Gerade als ich fertig war, hörte ich den Schlüssel in der Tür, und kurz darauf stand Kai im Türrahmen und sah mich an.

– Na, was für 'ne Schweinerei veranstaltest du denn hier?

Ich grinste als Antwort.

– Ich hab dir 'ne Familienpackung Erdnüsse mitgebracht, trocken geröstet.

Mein Grinsen wurde breiter.

Eine Viertelstunde später hatten wir den ersten Drink geext und nippten gemächlich am zweiten, während sich jeder über seine Fischstäbchen hermachte.

Danach erzählten wir uns Geschichten, belanglose Geschichten, bei denen wir uns totlachten – wie Gerd auf der Auffahrt der Tiefgarage eine Rolle rückwärts gemacht hatte, sturztrunken, nachts um halb drei, wie wir mal zu dritt eine Flasche Ouzo in zehn Minuten geleert hatten, wie Kai den Highscore beim Flippern geholt hatte, wie gut diese Fete und jener Exzeß gewesen waren, all die kleinen Besonderheiten und Überraschungen, die das Leben bis jetzt für uns bereitgehalten hatte, packten wir aus an dem Abend und bestaunten sie. Und das ist auch das Gute daran, wenn man Geschichten sammelt, selbst wenn nichts passiert und die guten Momente zur Zeit rar sind, kann man einen Heidenspaß haben.

Es ging auf elf Uhr zu, wir hatten schnell getrunken, zwischen zwei Schlücken hatte ich immer eine Handvoll Erdnüsse eingeworfen – die schmeckten nicht nur fabelhaft, sie machten auch Durst –, die Flasche war leer, und eigentlich hatte ich mir fest vorgenommen, nicht davon zu reden, doch ich war schon zu betrunken.

– Seit zwei Jahren der gleiche Scheiß, ich habe wieder

eine Ablehnung bekommen, weißt du Kai, ich zähl sie schon gar nicht mehr, vielleicht tapeziere ich eines Tages mein Zimmer damit ... Ich weiß nicht, was für Schwachköpfe das eigentlich sind, die schreiben, »Ihre Stärken sind zugleich Ihre Schwächen« ... Meine Gedichte sind besser als alles, was in den letzten zwanzig Jahren veröffentlicht wurde – geradeaus, direkt, verständlich, mit wunderschönen Bildern, nicht so ein elitäres Zeug mit tausend literarischen Anspielungen, alles zu stilsicher, zu gekonnt, um noch echt zu wirken – Secondhand-Erfahrungen. Vielleicht, aber auch nur ganz vielleicht, bin ich nicht so gut, wie ich glaube, aber die anderen sind mit Sicherheit gottverdammt schlecht ... Scheißdreck, komm, laß uns flippern gehen.

Kai lächelte wie ein Boxer, der gerade nach Punkten verloren hat, er mochte meine Gedichte, und ich erzählte ihm nie, wie oft mich Selbstzweifel überkamen.

Also gingen wir flippern, es war schwer, die Kugel zu verfolgen und schnell genug zu reagieren, doch auch im volltrunkenen Zustand können wir beide halbwegs gut flippern, manchmal ist sogar dann noch ein Freispiel drin, alles eine Frage der Übung.

Jedesmal, wenn wir einen Fünfer verspielt hatten, gingen wir in die Kneipe auf der anderen Straßenseite, tranken zwei Tequila und torkelten dann fröhlich lachend zurück, wobei wir auch schon mal parkende Autos anrempelten. Aber die Wagen hielten brav den Mund, wahrscheinlich waren sie Provokationen gewöhnt, es schien ihnen sogar nichts auszumachen, als wir auf ihre Motorhauben pinkelten, nachdem wir aus der Spielhalle rausgeworfen worden waren. Sie hatten etwas von zwei Uhr und Schließen erzählt, aber wie das zusammenhing, begriffen wir beide an dem Abend nicht mehr.

Ich kann mich kaum erinnern, wie ich ins Bett kam, ich weiß nur noch, daß wir irgendwann bei einem Abschlußbier in der Küche saßen und zu laut und zu lange lachten. Als nächstes erinnere ich mich daran, daß ich mit einem säuerlichen Geschmack im Mund auf einem Feldbett aufwachte und es gerade noch bis zur Kloschüssel schaffte, ein großer Schwall und zwei kleinere, ich wusch mich, trank etwas Saft und legte mich wieder hin, glücklich, wieder mal nicht auf den Teppich gekotzt zu haben.

Es kann ein großes Vergnügen sein, im Supermarkt einzukaufen, all die Delikatessen in den Wagen zu packen, durch die Gänge zu schlendern, mit einem Liedchen auf den Lippen und dem Gefühl der Vorfreude. Wir wollten eine Paella machen, das heißt, Kai wollte sie machen, ich wollte nur zuschauen und großen Hunger verspüren.

Die beste Zeit für so einen ausgedehnten Einkauf, bei dem einem noch tausend Sachen auffallen, die man mitnehmen kann, ist montags vormittags. Kein Mensch geht montags vormittags einkaufen, der Supermarkt ist leer.

Aber es war natürlich Freitag nachmittag, und ich war genervt, bevor wir den Laden überhaupt betraten, vielleicht lag es an meiner negativen Haltung, vielleicht wäre es aber so oder so passiert.

Ich schob den Wagen bereits Richtung Kasse, als Kai sagte:

– Laß uns mal kurz in die Spirituosenabteilung, ich hätte gerne was Leckeres zu Hause ... kann ja nicht schaden.

Wir waren morgens nicht besonders gut rausgekommen, und ehrlich gesagt hatte ich ein etwas flaues Gefühl im Magen. Wir waren erst vor zwei Stunden aufgewacht, aber die Gewißheit, einen großartigen Abend erlebt zu haben, hielt noch an, nur im Supermarkt war sie eingefroren, ich freute mich schon, in zehn, fünfzehn Minuten den Wagen raus in die Sonne schieben zu können, mit einem Gourmet-Lächeln ohnegleichen.

Unentschlossen standen wir vor den Flaschen. Mehr was Süßes oder nicht? Vielleicht doch den Rum aus dem Angebot oder lieber Wodka? rätselten wir, als mir von hinten jemand mit einem Affenzahn in die Hacken donnerte, daß mir die Luft wegblieb.

Freitag nachmittag ist die ganze Palette menschlichen Elends im Supermarkt, Choleriker, Debile, Paranoiker, Frustrierte, alles was du willst, Hausfrauen, die dich an der Art, wie du die Konservendose aus dem Regal nimmst, völlig durchschauen, weil sie montags abends einen Psychologiekurs an der Volkshochschule belegt haben.

Ich drehte mit um, ich wollte sehen, zu welcher Kategorie das Arschloch gehörte, das es so eilig hatte.

Es war ein Mann, und er schien von allem etwas zu haben, das machte mir fast schon Angst.

Er trat einen Schritt zurück, wollte seinen Wagen nun doch um mich herum manövrieren, und er blickte mir mit einer unglaublichen Selbstgefälligkeit in die Augen.

– Oh, entschuldige. Mußt du pünktlich zur Tagesschau zu Hause sein, oder was? Sackgesicht!

Wir standen auf gleicher Höhe, er war etwa zehn Jahre älter als ich, blond, braungebrannt und mit einem gewaltigen Brustkorb.

– Jetzt werd nicht frech, ja? Sonst gibt's gleich was hinter die Löffel! Du kannst doch nicht einfach den ganzen Gang versperren!

– Hör mal zu, Alter, mach hier nicht den Lauten. Verpiß dich, okay?

Es war die kräftigste Ohrfeige, die ich je in meinem Leben bekommen habe, ich taumelte einen Schritt zurück.

Ich hatte verdammtes Glück gehabt, daß er nicht mit der Faust zugeschlagen hatte, das hätte mir garantiert den Schädel gebrochen. Er stand da und grinste schadenfroh, kostete seinen Sieg aus, er war zu sehr beschäftigt mit sich, und ich gab ein paar Schmerzlaute von mir, um ihn noch weiter abzulenken. Ich drehte mich etwas zur Seite, schnappte mir dann blitzschnell eine Flasche aus dem Regal und knallte sie mit reichlichem Schwung in sein Gesicht. Ehe zwei Sekunden vergangen waren, war ich draußen und lief, als gelte es mein Leben. Vielleicht war es ja so, ich weiß nicht, ich traute mich nicht, mich umzudrehen, bis ich schweißüberströmt war und meine Lunge schmerzte, meine linke Wange brannte wie Feuer, mir wurde schlecht, und ich blieb stehen, am liebsten hätte ich geheult.

– Du spinnst wohl, was? ... Du hast ihm 'nen K.o. gegeben!

Kai war mir nachgelaufen, er keuchte, ich blickte ihm in die Augen, kann sein, daß meine glasig waren.

– Der hat sofort geblutet wie ein Schwein. Du bist ein Vollidiot!

Er grinste jetzt, er hatte wohl nur Angst bekommen, genau wie ich. Ein Schweißtropfen fiel von seinem Kinn und hinterließ einen Fleck auf dem Pflaster.

– Das konnte ich doch nicht auf mir sitzenlassen, oder?

– Ja ... aber hätte ja gereicht, wenn du ihm einfach nur die Zähne ausgeschlagen hättest. War doch schade um den schönen Wodka.

Meine Hände zitterten, das war eine ganz schöne Anspannung gewesen, mit dem Lachen lockerte sich das ein wenig, ich fischte eine Zigarette aus Kais Hemdtasche, ich brauchte dringend ein Bier.

– Ich glaube, ich fahre morgen zurück, war nur mal eine Abwechslung angesagt, ich muß das irgendwie hinkriegen.

Kai nickte, wir saßen in einem spanischen Restaurant, tranken Bitter Lemon und Cola und warteten auf unsere Paella, wir wollten beide etwas Luxus genießen, uns zurücklehnen und uns bedienen lassen, die Sache im Supermarkt hatte zu viele Nerven gekostet.

– Kein Ding, fahr ruhig, aber laß uns noch mal zusammen weg, bevor der Sommer zu Ende geht.

– Klar, aber zuerst muß ich zur Toilette.

Ein guter Klospruch ist manchmal besser als ein ganzer Gedichtband, man hält seinen Penis in der Hand, liest etwas Kurzes, Prägnantes, das einen vielleicht noch den ganzen nächsten Tag begleitet, und freut sich. Es ist außerdem nicht nur den Bildungsbürgern vorbehalten, und überhaupt: Achteinhalb Bier und der Tag gehört dir, sagt mir mehr über mein Leben als eine ganze Bibliothek über die Freiheit des Handelns.

Aber hier bei diesem Spanier hatte jemand ein Gedicht hinterlassen, das mich trotz seiner Ungelenkheit und Holprigkeit stärker beeindruckte als das Gesamtwerk von Ingeborg Bachmann. Oder ähnlichen Nullen.

> Ich liebte ein Mädchen
> sie war die stählerne Faust
> auf dem Kiefer meines Herzens
> und ich wünschte die ganze Zeit
> sie wäre nur der Schmiedehammer
> auf dem Amboß meiner Seele
> Das Loch das blieb war ekelhaft

Als ich sechzehn war, hatte ich in einer Disco auf dem Klo einen Spruch entdeckt: NO RISK – NO FUN, und es ist bis zum heutigen Tage so etwas wie ein Leitspruch für mich. Damals hatte ich es in der Schule nicht geschafft, zu den Auserwählten zu gehören, den coolen, leicht brutalen, witzigen Jungs, auf die alle Mädchen standen. Ich war schüchtern und fand mich häßlich. Da ich es unter diesen Leuten nicht schaffte, Anerkennung zu finden, ging ich immer in diese Disco, in der alle schwarze Klamotten trugen, sich die Augen schwarz schminkten und so taten, als würden sie ihr Leben betrauern. Anfangs dachte ich noch, wir würden zusammengehören, wir wären eine Anzahl von Außenseitern, die sich zusammenschließt, um stark zu sein, aber es herrschte die gleiche Hackordnung wie auf dem Schulhof. So wurde ich zum Außenseiter unter den Außenseitern, und eines Nachts entdeckte ich diese vier Worte, und fortan glaubte ich an sie. Man muß etwas riskieren können, das von Bedeutung ist, wenn man nicht immer nur Karussell, sondern lieber Achterbahn fahren möchte, das fiel mir in dem Augenblick, in dem ich das Gedicht las, wieder ein, ich fühlte mich auf einmal stark genug, mutig genug, ich hatte es immerhin bis hierhin geschafft, und ich hatte ein idiotisch entrücktes Lächeln auf dem Gesicht, als ich zurück an unseren Tisch ging, ich weiß die guten Momente genüßlich auszukosten.

– Na? Hat dir 'ne Frau den Schwanz gehalten beim Pinkeln oder haste was eingeworfen?

– Weder noch.

3

Liebe, Schmerz, Leidenschaft, Helden und Verführer – über was für einen Scheiß sangen die überhaupt in ihren Liedern? Dieses Pack hatte wohl noch nie bei 40 Grad im

Stau gesteckt, sieben Kilometer in zweieinhalb Stunden, durstig, mit verklebten Haarsträhnen in der Stirn, Hunger, verlegter Sonnenbrille – nervlich völlig am Ende, Entzug.

Nach einer Stunde hilft die beste Musik nichts mehr, wenn noch 450 Kilometer vor dir liegen, kurz vor zwölf, da flippst du aus, wenn du nur noch ein einziges Mal Passenger hörst. Alle Schwierigkeiten der Welt kommen dir lächerlich vor, und du träumst von einer Kalaschnikow, um dir den Weg freizuschießen – irgendwo müssen die aufgestauten Aggressionen ja hin. Noch besser wäre eine Panzerfaust.

Ja, on the road again – nur davon, wie beschissen es im Stau sein kann, singt, schreibt, malt keiner. Vielleicht haben sie ja sogar recht, vielleicht ist das gar keins der großen Probleme der Menschheit, aber ich schwöre, sollte ich eines Tages eine Platte machen, ich werde über einen verdammten Stau singen. Todsicher.

Wenn ich wenigstens ein Cabrio gehabt hätte oder zumindest ein Bier, dann hätte ich mich möglicherweise besser gefühlt, mein Mund war trocken wie nach einem Sandsturm, aber ich brachte es einfach nicht fertig, zu einer dieser völlig durchgedrehten Familien zu gehen und um einen Schluck zuckrige, warme Limo zu bitten. Ich hätte kein falsches Wort vertragen.

Kein normaler Mensch war in Sicht, ich war aber auch selbst schuld, es war Samstag, am Montag fing die Schule wieder an, ganz Deutschland war überzogen von einem Netz von Urlaubsheimkehrern. Braungebrannt, froh, bald wieder einem Acht-Stunden-Tag nachzugehen, anstatt sich vierundzwanzig Stunden am Tag mit seiner Frau rumzuplagen, froh, bald die Kinder vom Hals zu haben und von einer anständigen Nummer mit der schlanken Sekretärin des Chefs zu träumen. Ich steckte mittendrin und hatte nicht die geringste Chance zu entkommen. Ergib dich oder STIRB.

Ein kurzes Lächeln huschte über mein Gesicht, als ich das Raststättenschild sah, noch fünf Kilometer, dann ein Bier, kaltes Wasser über den Kopf, wahrscheinlich hatten sie sogar eine Wiese mit einem schattigen Plätzchen, vielleicht konnte ich mich bis Montag auf der Wiese rumlümmeln und dann ganz gemütlich in sechs Stunden nach Hause fahren.

Nach einer weiteren halben Stunde war es geschafft, ich rollte auf den Rastplatz, aber es war noch nicht einmal ein Parkplatz frei, ich war nicht der einzige Schlaumeier auf dieser Welt, es gab da wohl noch ein paar andere.

Ich hatte überhaupt keine Lust mehr, ich kaufte zwei Bier und vier eiskalte Gatorade, von denen ich zwei sofort auf ex trank. Grimmig trottete ich zurück zum Auto, ein paar Leute redeten wie wild auf mich ein und brüllten, aber ich hatte genug. Ich hörte gar nicht erst hin, wahrscheinlich wäre ich auch sauer gewesen, wenn irgend so ein selbstherrliches Arsch das Kunststück fertiggebracht hätte, gleich vier Wagen auf einmal zuzuparken.

Sie stand an der Auffahrt und hielt den Daumen raus, ich ging vom Gas und war mir nicht ganz schlüssig. Sie war etwa in meinem Alter, vielleicht etwas jünger, sie sah sympathisch aus, möglicherweise war sie ganz in Ordnung, und man konnte sich unterhalten und die Zeit angenehm vertreiben, sie konnte aber auch eine elende Quasselstrippe sein, die mir den allerletzten Nerv rauben würde, die mich auswringen würde wie eine putzwütige Hausfrau ihren Lappen.

Ich weiß, wie beschissen es sein kann zu trampen, ich habe es oft genug versucht, ich bin Hunderte Male erfroren, und zweimal habe ich einen Sonnenstich gehabt.

Wenn es zu blöd wurde, konnte ich sie ja gleich wieder rausschmeißen. Man muß nur Mut haben, trichterte ich mir ein und stoppte, nachdem ich schon fünfzig Meter an ihr vorbeigerollt war.

Es lag mir nichts daran zurückzusetzen, ich beobachtete lieber, wie sie im Rückspiegel größer wurde, sie hatte schulterlange schwarze Haare, eine abgeschnittene Jeans und ein schwarzes T-Shirt an, ein paar Sandalen baumelten an ihrem Rucksack. Sie ging barfuß und hatte dabei genau das richtige Tempo drauf, sie rannte nicht, sie war aber auch nicht so langsam, daß man hätte glauben können, sie halte sich für unwiderstehlich.

– Hallo. Hinten ist auf.

Sie verpackte ihr Gepäck im Kofferraum und stieg ein.

– Puh! Heute bin ich bis jetzt nur an Triebtäter geraten.

– Und die Pechsträhne reißt nicht ab. Ich grinste.

Langsam fädelte ich mich in den Stau ein, dann schaute ich ihr ins Gesicht, sie sah sehr gut aus, interessant. Sie streckte ihre Hand ins offene Handschuhfach mit den Kassetten und blickte mich fragend an, ich nickte nur und lächelte, sie lächelte zurück und drückte die Psychocandy von Jesus & Mary Chain rein, sie hatte zwölf Pluspunkte, außerdem floß der Verkehr jetzt, wenn auch nur mit zwanzig Sachen oder so. Eine halbe Stunde lang mußten wir kein einziges Mal anhalten. Wir sprachen beide kein Wort, sie hielt ab und an den Kopf zum Fenster raus und schien sich wohl zu fühlen, das reichte mir.

– Die Musik gefällt mir überhaupt nicht. Was dagegen, wenn ich doch was anderes reintue?

– Ne, tu dir keinen Zwang an. ICH HABE AUSSCHLIEßLICH GUTE KASSETTEN IM AUTO.

Sie hatte nicht allzulange gebraucht, um ihr Punktekonto restlos zu verspielen. Ich blickte zu ihr rüber, sie lächelte, das ist die einzige Methode, mit der man mir immer kommen kann. Im Grunde genommen ist alles eine Lappalie, das ganze Leben ist ein Witz, man nimmt sich selbst meistens viel zu ernst. Vielleicht tut man das aber auch nur, um nicht zu sehr an seiner eigenen Bedeutungslosigkeit zu leiden, man muß halt immer an zwei Fronten kämpfen. Das ist wahrscheinlich auch der Grund, warum ich mich oft so müde und ausgelaugt fühle und halbgare Ansichten über das Leben von mir gebe.

Sie hatte Green On Red reingeschoben, eine Badewanne voll Melancholie mit Honigduft, ich legte den Kopf zurück und fragte mich, ob sie das gewußt hatte, das war genau die Musik, die ich jetzt gerade brauchte.

– Wo mußte eigentlich hin?
– Nach Köln. Ich hab 'ne Freundin am Bodensee besucht.
– Da haste ja Glück gehabt, ich fahre direkt nach Köln.
– Hab ich mir schon gedacht.
– Hee?
– Na, wegen dem Nummernschild.

Meistens brauchte ich die entscheidende Sekunde länger, um etwas zu verstehen, die Sekunde, die andere Leute denken läßt, daß ich nicht sehr hell bin. Aber das stimmt nicht.

Sie hieß Esther und war in irgend so einem Kaff aufgewachsen, studierte Anglistik in Köln und jobbte nebenbei als Kellnerin. Sie hatte eine bezaubernde Art zu lächeln, und manchmal fuhr sie sich dabei verlegen durch die Haare, ich fand sie immer sympathischer, sie strahlte eine unglaubliche Lebenslust aus, sie faszinierte mich, und langsam wollte ich wissen, ob das nur eine Tramperin war oder ein Fingerzeig des Schicksals.

Der Stau hatte sich nach und nach aufgelöst, ich bretterte, was ich konnte, und dabei fragte sie mich dann aus. Ich erzählte ihr, daß ich Alex Blau heiße, in der Innenstadt von Köln großgeworden bin, Abitur, Zivildienst und jetzt Völkerkunde im vierten Semester, ich erzählte ihr nicht, daß ich nicht hinging zur Uni, daß ich herumjobbte und einen Gedichtband geschrieben hatte, daß ich sie von Sekunde zu Sekunde anziehender fand und selbst bei 150 ab und zu auf ihre Oberschenkel schielte, ich erzählte nur das Beste, ich versuchte, sie zu beeindrucken mit Stärken und Schwächen, und ich bekam Angst, als ich es merkte, ich hatte schon sehr lange nicht mehr versucht, irgendwo Eindruck zu schinden, ich hatte mich für sehr abgebrüht gehalten, und jetzt ging es auf einmal so schnell, daß es mir selbst unglaubwürdig vorkam und ich mich fragte: Wen verarschst du eigentlich, dich oder sie?

Ich wurde unsicher, sie gefiel mir gut, viel zu gut, noch eine Stunde bis Köln, sollte ich sie etwa irgendwo absetzen, nach Hause gehen und mich freuen, daß es so schön gewesen war? Ich wollte mehr, ich wollte alles, und ich befürchtete, nichts zu bekommen. Eine Zeitmaschine hatte mich in die Vergangenheit katapultiert, ich war gerade mal sechzehn, gerade dabei, mich zu verlieben, viel zu schnell, viel zu heftig, vielleicht auch viel zu unglücklich.

Das, was ich Freiheit nannte, war weg, das Leben hatte mich bei den Eiern, kein aus dem Tag heraus-, in die Nacht hineinleben mehr, sondern nur noch Gedanken an Esther.

Komm, reiß dich zusammen Alex, Alter, wenn du merkst, daß das Leben von jemand anders wie ein Schatten über deinem schwebt und das Ding ist groß genug, dir den Atem zu rauben, was kannste DARAN noch geil finden? Es gibt viele Arten zu leben, als würde man gerade Selbstmord begehen, und das hier ist eine davon, Männer sind zu schwach und zu weich in solchen Dingen, sie sollten sich die Frauen nur zum Hobby machen. We can fuck forever, but you'll never get my soul. Irgendwann ist es eh zu Ende, und welches wehleidige Arsch sitzt dann vor einem Trümmerhaufen und heult sich voller Selbstmitleid die Augen aus dem Kopf? Komm Alex, laß dich nicht von einem Lächeln einfangen, hast doch genug Erfahrungen mit so 'nem Krampf, laß die Finger davon, du verbrennst dich nur, vergiß es. Fahr sie auch nicht nach Hause, setz sie irgendwo ab und kauf dir 'ne Flasche Tequila, noch ist es nicht zu spät.

– Jetzt sind wir ja fast da, haste Lust, was essen zu gehen? Ich kann dir auch was kochen, wenn du magst.

– Du kannst kochen?

– Ja. Ravioli, Spiegeleier, Rühreier, Würstchen, Tiefkühlpizza, Fischstäbchen ... Rührei mit Speck – mit oder ohne Dill –, Gurkensalat mit Joghurtsoße oder French Dressing, Sellerieschnitzel mit Curryreis, Chili con carne ... Alles, was dein Herz begehrt.

Sie sah mich an und wußte nicht, ob ich sie verarschen wollte, und ich überlegte mir, ob ihr Busen wohl tatsächlich so klein und fest war, wie er unter dem T-Shirt aussah.

– Ich hätte gerne Sellerieschnitzel mit Curryreis, glaube ich. Kannst du auch Grünkernfrikadellen dazu machen, bitte?

– Ne, aber Dinkelschrotrisotto.

Ich mußte laut loslachen, sie wußte zwar im Moment nicht, wo dran sie war, aber sie war gewitzt genug, sich nicht verarschen zu lassen. Sie lachte einfach mit und schien kein bißchen verlegen zu sein.

– Ne, jetzt mal ernsthaft.

– Das mit dem Dinkelschrotrisotto war gelogen, der Rest ist wahr. Ehrlich.

Sie schaute mich skeptisch an, ich sehe wahrscheinlich echt nicht aus wie jemand, dem man mit Sellerieschnitzeln kommen könnte, aber ich finde, sie schmecken lecker, besonders, wenn ich sie mache.

– Na gut, dann werde ich mich von dir bekochen lassen, wollen mal sehen was dabei rauskommt.

4

Ich hantierte mit Pfannen, Töpfen und Messern, als hätte ich mein ganzes Leben nichts anderes getan, während sie am Küchentisch saß und mir etwas erzählte. Ich weiß nicht mehr, wovon wir den ganzen Abend gesprochen haben, ich weiß nur noch, daß das Ganze eine ungeheure Selbstverständlichkeit besaß, als wäre es das Normalste überhaupt, daß ich mich in meiner Küche mit einer fremden Frau unterhielt, daß wir uns hervorragend verstanden und daß ich dabei noch nicht einmal an Sex dachte. Es war mir in dem Augenblick egal, ob ich sie irgendwann im Laufe der Nacht auch nur küssen würde, wir waren im selben Raum, uns fielen die Worte schön aneinandergereiht wie Perlen an einer Kette aus dem Mund, es lief besser als eine gutgeölte Maschine, es lief von selbst. Ohne Ziel, ohne Richtung, mit der großen Kraft der Sorglosigkeit und ohne einen einzigen Gedanken an die nächste Minute.

Wir aßen beide nicht viel, aber das lag wohl nur daran, daß wir andauernd redeten, oder vielleicht freute ich mich so sehr, daß ich den Hunger gar nicht mehr spürte, wahrscheinlich hätte ich mich sogar mit einer Handvoll Rosinen zufriedengegeben. Selbst die Komplimente, die Esther mir für das Essen machte, konnten mein herrliches Gefühl nicht mehr steigern, der Vollmond stieg auf, es war eine Nacht wie ein Diamant auf der Müllhalde der ganzen schalen, nutzlos verbrachten Nächte, die sich in meiner Erinnerung angesammelt hatten.

Im Morgengrauen fielen ihr die Augen zu, von einer Minute auf die andere wurde sie so müde, daß sie kaum noch reden konnte, wir hatten jeder eine Flasche Rotwein getrunken, um drei Uhr hatten wir entdeckt, daß wir beide Lust auf einen Joint hatten und meine allerletzten Krümel geraucht.

Die ganze Zeit hatten wir uns dann in meinem Zimmer gegenüber gesessen oder gelegen, und ich hatte mir ein oder zweimal überlegt, wie schön sich ihr Busen wohl anfühlte, und gegen Ende hatte ich unbändige Lust, mich einfach in ihren Schoß zu legen, aber ich fürchtete, die Schönheit dieser Nacht könnte zerbrechlich sein, also ließ ich es bleiben.

Sie lehnte es ab, bei mir zu übernachten. – Das hat nichts zu heißen, sagte sie, ich möchte heute lieber in meinem eigenen Bett schlafen. Ich wußte nicht, wie sie das genau meinte, aber es war mir auch egal.

– Dann fahr ich dich nach Hause, sagte ich, und kurz danach traten wir der aufgehenden Sonne entgegen.

Sie streckte sich auf dem Rücksitz aus und war eingeschlafen, bevor ich den Gang drin hatte, mit zwanzig fuhr ich durch die Stadt, kein Mensch war unterwegs, ich ließ mir Zeit, ich betrachtete das, was ich von Esther sehen konnte, im Rückspiegel, sie war wirklich eine schöne Frau, und ich fühlte noch mal nach dem Zettel mit der Adresse und der Telefonnummer in meiner Tasche. Ich kannte mich gut aus in der Gegend, in der sie wohnte, es war schon ein Zufall, daß wir uns nicht schon viel früher in dieser Stadt über den Weg gelaufen waren.

Vor ihrer Haustür hielt ich an und drehte mich um, sie schlief tief und fest, ich hätte schwören können, sie lächle im Schlaf, aber das habe ich mir wahrscheinlich nur eingebildet.

Es wurde schon langsam wärmer, als ich mich entschloß, sie wachzurütteln, sie schaute mich mit verquollenen Augen an und lächelte jetzt wirklich.

– Dankeschön, du bist echt lieb.

Ich gab ihr den Rucksack aus dem Kofferraum und sah ihr noch zu, wie sie die Tür aufschloß. Im Rahmen drehte sie sich um und sagte:

– War ein schöner Abend, können wir gerne wiederholen ... Tschau.

Mir hatte es die Sprache verschlagen, ich grinste und brauchte mindestens fünf Minuten, um mich von der Stelle zu bewegen und ins Auto zu steigen, ich grinste immer noch, als ich meinen Kopf auf mein Kissen legte und sofort einschlief, überglücklich und übermüdet.

5

Die nächste Woche verbrachte ich eingekeilt zwischen Büchern und Musik, zwischen ein, zwei Bierchen am Tag und ein paar Gedichten, zwischen meinem Bett und meinem Stammplatz im Park, bei dem Kastanienbaum. Das war ein riesiges, erhabenes Ding, in dessen Schatten ich meinen Kopf bettete und die Nase zwischen die Seiten eines Romans steckte, oder ich setzte meinen Walkman auf und hörte sämtliche Roadmovie-Soundtracks, die ich besaß. Manchmal verbrachte ich auch Stunden damit, reglos wie eine Eidechse in der Sonne zu sitzen ohne einen einzigen Gedanken im Kopf, aber immer fähig, blitzschnell jede Faser meines Körpers mit Energie zu durchfluten, falls etwas nicht stimmen sollte. In so einem Park laufen die seltsamsten Gestalten herum, oft glaube ich, die Leute sitzen normalerweise in der Geschlossenen und haben gerade Freigang. Wenn ich jemanden sah, der auf der Wiese mit einer riesigen Angelrute Auswerfen übte, wurde ich sofort hellwach, packte meine Sachen und verschwand. Ich hatte eine sehr niedrige Toleranzgrenze.

Ich fühlte mich nicht schlecht, doch über allem hing der Gedanke an Esther, ein süßes Gefühl der Melancholie, und dann, ab Donnerstag, das beschissene Gefühl der Unruhe, ich hatte sie zweimal angerufen, und wir hatten auch ziemlich lange telefoniert, doch sie sagte beide Male, sie habe viel zu tun, aber sie würde anrufen, demnächst. Mein idiotischer Stolz verbot mir, noch ein drittes Mal anzurufen, obwohl ich in solchen Situationen sehr empfänglich bin für Ausreden wie: Liebe ist stärker als Stolz. Aber ich ließ es bleiben, und tagsüber gelang es mir auch meistens, nicht zu sehr an sie zu denken, nur morgens beim Aufwachen und abends bei den alten Liebesfilmen hatte ich Schwierigkeiten.

Wenn ich mich besonders stark fühlte, malte ich mir aus, wie ich sie zum ersten Mal küssen würde, wie wir Hand in Hand durch einen Fluß wateten, uns am Springbrunnen naßspritzten, im Kino knutschten, auf Feten tanzten, sie mir die Haare kraulte, wie ich sie verwöhnte, wir zusammen Eis aßen, das gab mir manchmal sogar ein gutes Gefühl.

Samstag abend hatte ich sie immer noch nicht angerufen, ich war auf eine Geburtstagsfete eingeladen, ich machte mich fertig – ich trank ein paar Tequila. Als Geschenk packte ich ein Buch mit Cocktail-Rezepten ein, in das ich als Widmung eine Lobeshymne auf die abenteuerlichen Qualitäten des Alkohols schrieb, überhaupt spielte Alkohol zur Zeit eine Hauptrolle in meinem Leben, aber ich machte mir keine allzu großen Gedanken darüber, ich gehöre zu den Typen, bei denen sich das meistens von selbst wieder gibt.

Mit einem Lächeln auf den Lippen fuhr ich in den Sonnenuntergang hinein, zu der Wohnung der Geburtstagsfrau, in der sich das Ganze abspielen sollte. Ich hatte mich für das Fahrrad entschieden, doch das brachte meinen Kreislauf etwas zu sehr in Schwung, ich fühlte mich total aufgedreht, als ich ankam.

Ich tigerte hin und her, da waren etwa dreißig Leute, ich grüßte die, die ich kannte, und fragte die paar anderen nach ihrem Namen und ging dann einfach weiter. Das Buffet sah vielversprechend aus, es gab ein paar Gäste, die ich nicht für komplette Vollidioten hielt, diesen Abend würde ich ausquetschen bis auf den letzten Tropfen. Es störte mich noch nicht mal, daß Sonja da war, ich ignorierte sie, ich sah durch sie hindurch. Zwei Jahre war es jetzt her, seit sie mich verlassen hatte, und drei, seit sie ewige Liebe geschworen hatte. Es war nicht so, daß ich nicht darüber hinwegkam, ich fühlte mich einfach nur besser, wenn ich gar nicht erst in ihre Richtung sah.

Als ich mir ein Glas nahm und in den Kühlschrank sah, wurde mir klar, daß heute einer meiner kleinen Wünsche in Erfüllung gehen würde. Da stand in Reih und Glied eine ganze Mannschaft Bailey's. Ich hatte mir schon länger gewünscht, mich einmal mit diesem süßen Zeug zu betrinken, es hatte nie geklappt, aber heute würde ich den Flaschen den Garaus machen.

Um nicht zu oft den Gang zum Kühlschrank machen zu müssen, nahm ich mir doch lieber ein größeres Glas, goß es randvoll, ließ auch die Eiswürfel weg, hockte mich in eine Ecke und versuchte, die Leute zu animieren, ein paar von ihren Stories zu erzählen. Ich sitze gerne so da und höre mir irgendwelche Besonderheiten an, das ist besser als jeder Film.

Immer wieder schnappte mir die Gastgeberin mein leeres Glas aus der Hand und kam mit einem vollen zurück, wenn sie mich abfüllen wollte, so konnte mir das nur recht sein. Ich erzählte selbst ein paar schlechte Witze und ein paar gute Geschichten, trank meinen Likör, ließ die Kippe im Mundwinkel hängen und wurde immer besoffener. Ab Mitternacht arteten die Gespräche in tiefsinnige Diskussionen aus, doch ich war großartig, noch hatte ich keine Artikulationsschwierigkeiten, und ich redete sie alle an die Wand, diese ganzen Pseudo-Intellektuellen und Klugscheißer, ich hatte zu allem was zu sagen, und über viele Sachen wußte ich sogar Bescheid. Dead Kennedys, die Heisenbergsche Unschärferelation, Simone de Beauvoirs Verhältnis mit Nelson Algren, wer Joe Cole war, Bells Theorem, kultureller Materialismus, die Set-Point-Theorie, Black Boxes, Tantra, Zen, sportwissenschaftliche Erkenntnisse über das Krafttraining, nichts war mir unbekannt, ich war wahrlich ein König.

Gegen zwei war ich ein mittlerweile volltrunkener König und hielt die meiste Zeit meine Fresse. Die Frikadelle, die ich reichlich mit Chilisoße bekleckert hatte, fiel mir aus der Hand, als ich sie zum Mund führen wollte, das gab einen hübschen Fleck auf dem Teppich, doch ich kümmerte mich nicht weiter darum.

Das war wahrscheinlich mein Fehler, ich hätte sofort nach Hause fahren müssen, ich hatte meine Kraft verbraucht, ich war nicht in der Lage, eine Frikadelle in meiner Hand zu halten, jeder beliebige hätte mir blöd kommen können, ich hätte mich nicht gewehrt.

Aber ich wühlte einfach in der Plattensammlung herum, fand sogar einige gute Stücke und legte sie auf, ohne die Platten großartig zu verkratzen, das ist auch noch so eine Sache, die ich in jedem Zustand beherrsche.

Ich war ganz glücklich bei dem Ganzen, doch irgendwann kam dieses Spatzenhirn mit einem vom Alkohol geröteten Gesicht, adrettem Kurzhaarschnitt und goldenem Ohrring. Er setzte sich neben mich, als seien wir alte Freunde, leierte einen idiotischen Monolog von Spoilern, Weißwandreifen und Rallyestreifen herunter, während ich alles wehrlos über mich ergehen ließ und ihm in Gedanken ins Gesicht pinkelte. Er zerstörte ein paar der besten Songs mit dem Müll, der ihm in einer Tour aus dem Mund fiel, aber meine Zunge war einfach viel zu schwer, um dem etwas entgegenzusetzen.

Es gibt diese Leute auf jeder Fete, sie interessieren sich für Autos, Waffen, Literatur oder Schmetterlinge. Sie finden immer ein Opfer, dem sie ihr Zeug stundenlang ohne Punkt und Komma vorsingen können, es gibt da kein Entkommen. Ich kann nie verstehen, wie man mit solcher Begeisterung für so unwichtige Sachen schwärmen kann, aber wahrscheinlich hat man es einfacher im Leben, wenn man sich über jeden Scheißdreck freut.

Das Zimmer fing an, sich zu drehen, meine Augenlider sackten runter, diese Worte lullten mich völlig ein. Vollbremsung, Sonntagsfahrer, Kotflügel, Airbag, ABS, Kofferraumbeleuchtung, was gab es Wichtigeres auf der Welt? Ich schwankte hoch, murmelte irgend etwas vor mich hin, vielleicht war es als Abschied gemeint, und ging dann einfach raus zu meinem Rad.

Die Rinne zwischen den Bürgersteigen war in jener Nacht ziemlich schmal, aber irgendwie machte ich meinen Weg ohne Zwischenfälle und brauchte auch nicht allzulange, um die Haustür aufzuschließen.

Mein Durst versuchte zwar noch, mich zum Kühlschrank zu bewegen, doch ich hörte nicht auf ihn, obwohl meine Kehle von dem Zucker total verklebt war, ich zog mir nur noch die Schuhe aus und ließ mich ins Bett fallen, mein letzter Gedanke war, daß die einzige Möglichkeit, auf dieser Welt Frieden zu erlangen, die war, sich nicht für Frauen, sondern irgend etwas Belangloses zu interessieren. Vielleicht waren Autos ganz gut für den Anfang.

6

Ich hatte einen schrecklichen Alptraum, ich saß in einem nagelneuen BMW, irgendeins von den besonders teuren Modellen, nehm ich an, ich kenne mich da nicht so aus, und ratterte mit 220 über die Autobahn. Auf dem Beifahrersitz lag mein rechter Daumen, ich mußte so schnell wie möglich ins Krankenhaus, um ihn annähen zu lassen, ich blutete und schwitzte ohne Ende, ich konnte mich für keine Ausfahrt entscheiden, ich wußte einfach nicht, welche die richtige war. Die Unentschlossenheit und Eile machten mich völlig wirr, und ich hatte eine ungeheure Angst in den Eingeweiden.

Es war halt einer von diesen Alpträumen, aus denen man schweißgebadet mit völlig verspannten Muskeln aufwacht und sich später nicht traut, wieder einzuschlafen.

In meinem Traum klingelte das Telefon, zuerst war ich erschrocken, doch dann fiel mir ein, daß ich ja ein Autotelefon hatte. Ich nahm ab, es war keiner dran, meine Panik wurde unerträglich, und dann klingelte das Telefon noch mal, und ich zuckte zusammen, die Autobahn hörte urplötzlich auf, und ich stürzte in einen Abgrund und fiel. So kommt also der Tod, dachte ich mir, und fiel immer weiter, immer tiefer. Dann klingelte das Telefon noch mal, und ich wachte auf, obwohl ich trotz allem den Aufprall in meinem Traum noch gerne mitgekriegt hätte.

Das Telefon klingelte ein viertes Mal, während ich gerade versuchte, tief durchzuatmen und meine Muskeln zu lockern. Mein Telefon steht neben dem Bett, für Fälle wie diesen, man schnappt sich den Hörer und bleibt dabei bequem liegen. Falls es überhaupt eine bequeme Stellung gibt, nach so einem Sturz und einem Puls von 190.

– Hallo?
– Hallo Alex, wie geht's?
– ...
– Halloo?
– Ja?
– Hast du gerade geschlafen, oder was?
– Hmm ...
– Soll ich dich später noch mal anrufen?

Da erst ging mir auf, daß es Esther war und daß meine Zunge sich anfühlte wie ein Colafleck auf einem Linoleumfußboden. Der Traum steckte mir noch in den Knochen, und der Schweiß lief mir in die Augen.

– Gib mir 'n paar Sekunden, ich werde schon wach. Erzähl einfach.

Warum konnte sie nicht anrufen, wenn ich ausgeschlafen und gut gelaunt war?

– Gestern abend gefeiert? Hoffentlich war's wenigstens gut. Ich wollte dich eigentlich nur fragen, ob du Lust hast, mit mir ins Café zu gehen, um drei oder so?
– Wie spät ist es eigentlich?
– Kurz vor zwei.
– Scheiße ...
– Muß ja nicht sein, ich habe nur heute abend keine Zeit, wir können's ja einfach verschieben.
– Ne, Quark ... Halb vier. Das könnte ich schaffen. Woanders?

– Ja, von mir aus Woanders. Aber wenn's dir ungelegen kommt, ist das okay...
– Geht schon in Ordnung, halb vier?

Ich stand auf und konzentrierte mich auf meinen Magen, ein bißchen flau, aber er fühlte sich so an, als könne er ein paar Kaffee drinbehalten, also setzte ich als allererstes Kaffee auf.

Der tote Geschmack im Mund war mit Saft nicht wegzukriegen, das mußte ich nicht erst ausprobieren, ich aß zwei Essiggurken, die helfen zwar auch nicht, aber mir fiel nichts Besseres ein. Mich schauderte bei dem Gedanken, ihr völlig fertig gegenüberzusitzen, mit einem Kopf, als ob die Gehirnzellen einen Tagesausflug ins Grüne gemacht hätten, aber man mußte seine Chancen nutzen.

Ich duschte eiskalt, rasierte mich, putzte mir die Zähne und trug etwas getönte Feuchtigkeitscreme auf die Ringe unter den Augen auf, ich hielt mich für keine Schönheit, ich versuchte nur, wie ein Mensch auszusehen.

Shorts, Hose, T-Shirt, alles zog ich frisch an, ich hatte vor drei Tagen gewaschen, das machte sich jetzt echt bezahlt. Nach vier Tassen Kaffee und Rührei mit Schinken fühlte ich mich nicht mehr, als habe mich die Nacht ausgekotzt, weil ich ihr nicht bekommen war, ich war noch schwach auf den Beinen, aber wenigstens ein Teil meiner Hirnzellen hatte seinen Ausflug vorzeitig beendet.

Das Café gehörte einem Freund, als er es eröffnen wollte, hatte er nach einem passenden Namen gesucht, und ich hatte ihm geraten, es Woanders zu nennen.

– Überleg mal, Stephan, hatte ich gesagt, wie oft geht man irgendwo hin, wo es einem nicht gefällt, und sagt – Laß uns noch woanders hingehen, oder – Ist doch blöd hier, woanders ist bestimmt mehr los. Das ist DER Name.

Die Idee gefiel ihm nicht so gut, doch da alle anderen

noch schlechter schienen, wurde das Café Woanders genannt, und zwei Wochen lang platzte ich fast vor Stolz. Aber dann ging mir auf, daß das Café nicht besser oder schlechter war als viele andere auch, und ich ärgerte mich, daß es einen guten Namen hatte. Doch ich saß immer wieder gerne da drin, der schwungvolle Schriftzug erfreute mich jedesmal für ein paar Sekunden, wenn ich mit meinen Gedichten schon keinen Erfolg hatte, so war das hier doch wenigstens etwas.

Sie hatte ein enges schwarzes Kleid an, unter dem sich KEIN Slip abmalte, und ich hatte sofort einen Ständer. Ich finde, im Sommer überschreiten Frauen oft die Grenzen des Erträglichen, unter hauchdünnen, engen Oberteilen kann man feste Brüste erkennen, hier und da erhascht man einen Blick auf die Brustwarze oder auf einen Slip, weil der Rock hochgerutscht ist. Oder auf keinen Slip, auch weil der Rock hochgerutscht ist. Ich weiß nicht genau, ob sie nicht wissen, was sie tun, oder ob sie einen nur um den Verstand bringen wollen. Man kann doch unmöglich blind über die Straße laufen, also denkt man nur noch an Brüste, Hintern, Schamlippen, Sex, Sex und Sex und manchmal auch daran, wie man so einen geschwollenen Penis am besten verstecken kann.

Ich war vor ihr da gewesen und trank gerade ein Bitter Lemon, als sie reinkam. Das war der Augenblick, der mich so erregt hatte, aber sobald wir uns gegenübersaßen, fühlte ich mich unbeholfen und unsicher wie in der Pubertät, wo man zwar glaubt, die Sterne vom Himmel holen und den Mond entzweibrechen zu können, aber sich nicht traut, ein einziges Mal ein Mädchen anzusprechen. Meine Erektion fiel in sich zusammen.

Ich weiß nicht, wie's gehn soll, ich find nicht den Dreh, diese Textzeile von Fehlfarben ging mir immer wieder durch den Kopf, ich hatte nicht den Mut, etwas Eindeutiges zu tun, ich war viel zu unruhig, um mich halbwegs normal zu verhalten, ich schaffte es noch nicht mal, ihr irgendwelche unverbindlichen Nettigkeiten zu sagen, ich schaffte gerade mal die Mindestzahl von Wörtern, die für ein Gespräch notwendig waren, besonders sympathisch kann ich in der ersten halben Stunde eigentlich nicht gewirkt haben.

Sie trank Milchkaffee, ich KIPPTE Bitter Lemon, so ein Nachdurst kann einem ganz schön zu schaffen machen, sich vollaufen lassen kann jeder Idiot, den nächsten Tag überstehen – das ist das Kunststück. Doch mit solchen Sprüchen kam ich ihr nicht, ich mag es nicht, wenn man mich für einen Trinker hält.

Doch auch nach einer ganzen Stunde schaffte ich es nicht, locker zu werden, und stieg um auf Bier, ein bißchen mehr Mut, ein bißchen weniger Angst, wie sollte ich es bloß hinkriegen, daß diese Frau beeindruckt war von mir, daß sie sich in mich verliebte, daß sie abends genauso wie ich das Telefon hypnotisierte und jeden Morgen mit meinem Namen auf ihren Lippen aufwachte?

Nach dem fünften Bier in zwanzig Minuten überlegte ich, sie zu küssen, einfach so, mitten auf den Mund, wenn ich es schon nicht mit Worten schaffte, konnte ich es ja vielleicht so versuchen, das Schlimmste wäre eine Ohrfeige gewesen und danach gar nichts mehr, ich hätte gewußt, woran ich war, aber so rumorte es nur in meinen Eingeweiden, und ich war bereit, jedes Lächeln falsch zu verstehen.

Als sie nach zwei Stunden weg mußte, hatten wir uns doch noch ganz gut unterhalten, aber ich fühlte mich wie ein mieser Versager.

Ich zahlte für uns beide und schäkerte dabei ein wenig mit der Kellnerin, das ist das Einfachste auf der Welt, wenn man nichts will, dann kann man ungezwungen mit einer Frau schäkern, vielleicht wollte ich Esther auch nur zeigen, daß ich allgemein schon beliebt war, vielleicht stieg dann mein Ansehen in ihren Augen, vielleicht wollte ich sie sogar eifersüchtig machen, ich weiß es nicht mehr.

Ich begleitete sie noch zur Straßenbahn, das sah ganz nach einer verpaßten Chance aus, bei so was fühle ich mich hinterher immer elend, das durfte nicht sein, also ergriff ich einfach im Gehen ihre Hand. Zum Glück blieb sie nicht stehen oder machte sich los, sie drehte nur den Kopf zu mir und fragte:

– Was soll das denn bedeuten?
– Och, nichts.

Ich grinste wie jemand, der gerade einen guten Witz gemacht hat, ich tat es als völlig belanglos ab, und wir hielten uns noch an den Händen, als ihre Bahn kam. Wir schauten uns an, und sie wirkte ein wenig unsicher, ich drückte ihre Hand.

– Kann ich dich demnächst mal anrufen? Ich fand es sehr nett heute.

– Ja, klar, oder ich ruf mal an, sagte sie, ließ meine Hand langsam los und stieg ein.

Ich fuhr einen Umweg mit dem Fahrrad, ich wollte nicht sofort in meine Wohnung, ich war besessen von dieser Frau.

7

Danach trafen wir uns ziemlich oft, Kaffee trinken, schwimmen, Essen gehen, sonnen, Kino, im Biergarten im Underground saßen wir auch häufig, es war wie der erste

Abend in der Küche, nur dauerte es viel länger, und wir rannten außerdem Hand in Hand durch die Gegend.

Esther sprühte über vor Lust am Leben, und das färbte auch auf mich ab. Sie ergriff zwar nicht die Initiative, aber sie wehrte sich auch nicht, sie ließ sich Stück für Stück von mir erobern, und nach einiger Zeit war es ziemlich sicher, daß mehr daraus werden würde, ich war zwar etwas ungeduldig, aber ich hatte es nicht wirklich eilig, es war schön, so wie es war, und es spielte überhaupt keine Rolle, ob ich sie morgen oder in drei Monaten küssen würde, ich war verliebt. Dieses alte, warme, weiche Gefühl, ich schlief weniger, ich aß weniger und wirkte achtzehn Stunden am Tag, als stünde ich unter Speed, vielleicht war ein Stück Wildheit von mir abgefallen, aber das war es mir wert.

Ich kann nicht sagen, wie schnell und glücklich diese Tage vergingen, ich erinnere mich an keinen Film, keine Mahlzeit, kein Eis, keinen besonderen Abend. Ich weiß nur noch, daß sie damals oft auf einer Haarsträhne rumkaute, einen schönen grün-blau gebatikten Rock hatte, ein winziges Muttermal hinter dem Ohr und daß sie sich auf die Unterlippe biß, wenn sie auf die Toilette mußte, ich erinnere mich an nichts, das PASSIERT ist, es war wie ein Rausch, ich könnte aufzählen, was sie an bestimmten Tagen getragen hat, beschreiben, wie ihre Haare nach dem Schwimmen dufteten, solche Sachen weiß ich noch ganz genau, aber alles andere ist in meiner Erinnerung verblaßt: Was ich tat, wenn wir uns nicht sahen, wer wen anrief, wer das Wettschwimmen gewann, worüber wir uns unterhielten, alles das war so unwichtig, daß ich es schon längst vergessen habe. Es müßten ungefähr drei Wochen gewesen sein, daß dieser Zustand anhielt, ich kann mich da aber auch vertun.

Eines Tages, ich war mit Esther verabredet und wollte gerade zur Tür raus, klingelte das Telefon.
– Hallo?
– Hallo alter Freund und Kupferstecher!
– HENRY?
– Na klar, wer denn sonst?
– Wo bist du? Wie geht's?
– Ich bin wieder in Deutschland ... Hör mal, das ist mein allerletztes Geld, ich bin vor zwei Stunden in Frankfurt gelandet, ich rufe von einer Raststätte an, ich bin getrampt, der Kerl trinkt gerade 'ne Coke. Ich habe gedacht, ich rufe dich an und frage, ob du ein paar Bier in den Kühlschrank stellst. Wie wär's?
– ...
– Alex?
– Ich faß es nicht. Was willste haben, Beck's oder Corona?
– Beck's. Ich fühle mich, als wäre ich nie weggewesen. Ich hasse es wiederzukommen.
– Geht mir auch immer so. War's denn RICHTIG gut?
– Jepp, aber ich hab nur noch vierzig Pfennig drin ... Kannste was für vierzig Pfennig erzählen?
– ... Ich bin verliebt.
– WAS? DU? Hat sich wohl 'ne Menge getan in den sechs Monaten. Herzlichen Glückwunsch, da komme ich wohl gerade rechtzeitig.
– Ja, wir heiraten nächste Woche.
– Verarsch mich nicht, geh lieber Bier kaufen, ich habe Durst wie Schmidts Katze.

Esther war nicht mehr zu Hause, wir hatten uns im Biergarten verabredet, und mir blieb nichts anderes übrig, als hinzufahren, um ihr Bescheid zu sagen, Viertelstunde hin, Viertelstunde zurück und unterwegs noch Bier kaufen, kein Grund zu hetzen.

Ich erklärte ihr die Sache, und entschuldigte mich, ich war aber viel zu aufgeregt, um in ihrem Gesicht nach Zeichen von Enttäuschung zu suchen, es war mir in dem Augenblick auch tatsächlich egal.

Henry kommt, wir haben uns ein halbes Jahr lang nicht gesehen oder auch nur voneinander gehört, das wird ein Freudenfest, heute Nacht heben wir wieder die Welt aus den Angeln, daß der Rest der Menschheit vor Neid erblaßt, was zwei Männer alles schaffen können, wir malen die Sonne lila an und essen sie jeden Morgen zum Frühstück.

Es gibt nichts, was es nicht gibt, und wir können alles schaffen, das war so ein Spruch von Henry, überhaupt faszinierte er mich oft mit dem, was er sagte, manchmal glaube ich, er ist der bessere Dichter von uns beiden, auch wenn er noch nie eine Zeile geschrieben hat.

Kai, Kai könnte genauso gut Marlowe oder Bogart heißen, er ist die letzte Verkörperung des sentimentalen, whiskytrinkenden Zynikers, den nichts erschüttern kann und der nur sich selbst verpflichtet ist, der nicht aus dem Glauben an das Gute im Menschen kämpft, sondern weil er nicht gegen seine Überzeugung leben kann.

Henry dagegen hat sich wahrscheinlich noch nie Gedanken über seine Überzeugung gemacht, völlig sorglos lebt er mit einer unglaublichen Leichtfertigkeit und manchmal auch Kurzsichtigkeit einfach jedes Gefühl, jeden Impuls aus, in dem festen Glauben, daß die Welt gut und das Leben schön ist.

Im Gegensatz zu Kai und mir ist er kein Einzelgänger, er fühlt sich in einer Gemeinschaft am wohlsten, er ist wild und unberechenbar, er tut, wozu er gerade Lust hat, und das mit einer unglaublichen Konsequenz. Ich weiß noch, wie er zwei Wochen im Wald geschlafen hat, als er siebzehn war. Er hatte sich mit seiner Mutter gestritten, und sie hatte gesagt:

– Du kannst ja ausziehen, wenn es dir hier nicht paßt.

Henry packte seine Sachen und verschwand im Wald, nicht weil er es seiner Mutter zeigen wollte, sondern einfach so, weil ihm die Idee, nach so einem Spruch im Wald zu verschwinden, gut gefiel.

Diese Sachen gingen mir durch den Kopf, als ich nach Hause fuhr, ich freute mich wie ein Schneekönig, die Sonne schien, mein Rucksack war voller Bierflaschen, ich war verliebt, Henry kam nach Köln, ganz selten bietet einem das Leben so viel, daß man gar nicht weiß, wo man zugreifen soll.

In meinem Zimmer tanzte ich vor lauter Freude wie ein Verrückter zu der ersten Pogues-Platte, aber ich stellte die Musik nicht so laut wie sonst, um die Klingel nicht zu überhören.

Fröhliche Musik muß man laut hören, es dürfen keine Nebengeräusche überleben, jede Faser des Körpers muß erfaßt werden, der Brustkorb muß vibrieren, man muß erfüllt werden von der ganzen Kraft, man muß sie verinnerlichen, man muß sich ganz auf die Magie einlassen.

Wenn jemand sagt, das sei Krach, was ich höre, ist mir das egal, Hauptsache es funktioniert, Hauptsache es hat die Kraft eines Vulkanausbruchs, Hauptsache es gibt mir das Gefühl, unbesiegbar und unsterblich zu sein, jung, schön und stark.

Henry Miller hat einmal gesagt, Musik sei der Dosenöffner der Seele, ich bin mir sicher, er würde da meine Lieblingsbands nicht ausschließen, wenn er noch leben würde.

Es gibt ein paar Songs, die begleiten mich seit Jahren, und ich betrachte sie als meine Freunde, ich werde nie überdrüssig, diese Handvoll Songs zu hören, Oz von Cassandra Complex ist einer von ihnen. Ich habe jeden einzelnen Ton im Kopf, das ist etwas, das mir niemand nehmen kann, dieser Song ist mir heilig, er ist ein Teil von mir, und wenn ich mich mies fühle, ziehe ich Songs wirklichen Freunden vor, weil sie sich nicht verändern, es scheint mir dann, als ob sie das einzige wären, auf das ich mich verlassen kann. Musik. Musik und Bücher. Aber das passiert mir zum Glück nicht allzuoft, daß ich jegliches Vertrauen in die Menschheit verliere.

Endlich klingelte es an der Tür, und ich rannte Henry entgegen, im Treppenhaus fielen wir uns in die Arme und gaben Schreie von uns. So ein Zauber hält immer nur ganz kurz, schon nach drei Sekunden hatte ich das Gefühl, daß Henry nie weg gewesen sei.

Später saßen wir auf meinem Bett, tranken Bier und erzählten, was uns Wichtiges und Unwichtiges passiert war in der Zwischenzeit, wir waren weit davon entfernt, wild aufeinander einzureden, wir hatten alle Zeit der Welt, wir würden uns noch oft sehen, jetzt, wo er endlich zurück war, aber am meisten interessierte ihn die Sache mit Esther.

– Alex, unser Zyniker, der Mann, der stolz darauf ist, alles alleine zu schaffen, UNSER Alex, der sich immer am Sack kratzt und zwei Jahre lang solo war, hat sich verliebt und das gerade mal für vierzig Pfennig. Gibt's da irgend 'nen Trick, Alter?

– Halt's Maul.

Irgendwann nach dem sechsten oder siebten Bier hatte wir beide Lust, tanzen zu gehen, ich, weil ich nach dem vierten Bier eigentlich immer Lust habe zu tanzen, und Henry, weil er wahrscheinlich nicht in Mexiko zu La Cucaracha abgerockt war, das heißt eigentlich nur, daß er, genau wie ich, nicht zu jedem Scheiß tanzt, die Musik muß schon mehr als nur angenehm sein.

Wir fuhren also mit der Bahn in die Stadt, in einen dieser Läden, wo das Publikum zwischen 16 und 18 ist, doch das störte an dem Abend überhaupt nicht, wichtig war, man erwischte ein paar gute Stücke, nicht so einen Disco-Scheiß, wichtig war, daß sich später alles drehte und man sich mit Schweißperlen auf der Stirn an den Rand der Tanzfläche hockte.

Das Schöne am Leben ist, daß man alles übertreiben kann. Wir tranken Tequila. Tequila trinken mit Salz und Zitrone ist großartig, einfach nur ein Ritual, aber man hat etwas zu tun, und die Zeit vergeht schneller als sowieso schon beim Trinken, man baut einen Salz- und Zitronenrahmen um jeden Drink, man erhebt jedes Glas in den Stand eines Heiligen, man kippt es nicht einfach unbedacht in den Kopf rein, nein, es gibt eine Vor- und eine Nachbereitung, jeder Schluck bekommt eine besondere Bedeutung, er wird beachtet, nicht nur einfach in die Kehle gegossen, Tequila kommt nicht alleine daher wie ein Desperado, er hat seine Freunde dabei. Zuerst ergreift einen dieser salzige Geschmack, dann der Tequila selbst, scharf und brennend, dann diese saure Zitrone, die fast schon wieder süß und erfrischend schmeckt. Manchmal glaube ich, daß es ein reales Abbild des Lebens ist. Außerdem verabschiedet sich Tequila nicht so sang- und klanglos von den Geschmacksnerven, es bleiben immer ein paar Salzkristalle im Mundwinkel kleben, die man auf der Tanzfläche oder am nächsten Morgen zusammen mit ein paar Erinnerungen auflecken kann.

Ich weiß nicht mehr warum, aber ich bändelte mit einer besoffenen Frau mit meterdick Kajal unter den Augen an, ich war verschwitzt vom Tanzen, doch das störte sie nicht, innerhalb einer Viertelstunde standen wir in einer dunklen Ecke, meine Hände an ihrem Arsch und meine Zunge in ihrem Mund, kann sein, daß ich etwas Zärtlichkeit brauchte, aber ich fabrizierte eigentlich nur Scheiße.

Henry war seit einer halben Stunde spurlos verschwunden, er war alt genug, um auf sich selbst aufzupassen, aber im Moment genauso unzurechnungsfähig wie ich, ich überlegte, ob ich mir jetzt Sorgen machen sollte oder nicht, ob ich die Frau mit zu mir nehmen sollte oder nicht, ob ich noch einen hochkriegen würde oder nicht, ich kam zu keinem Ergebnis, außer, daß das Leben einem manchmal unglaubliche Entscheidungen abverlangte und ich dringend noch drei, vier Tequila brauchte.

Ich machte mich von der Frau los, und da erst ging mir auf, daß sie die ganze Zeit ihre Hand in meiner Hose gehabt haben mußte, ich drehte mich einfach um und wollte zur Theke, als sie mich von hinten an der Schulter faßte, langsam drehte ich mich wieder zu ihr hin, irgendwas schien sie sauer gemacht zu haben, ihre Augen schossen Maschinengewehrkugeln auf mich, und ehe ich reagieren konnte, hatte sie mir von unten in den Magen getreten, daß mir schlecht wurde. Dabei hatte ich wahrscheinlich Glück gehabt, sie hatte es bestimmt auf meine Eier abgesehen.

Ich schlage grundsätzlich keine Frauen. Ich schubste sie nur gegen die Wand, sie war wohl sehr besoffen, sie verlor das Gleichgewicht, fiel hin und fing an zu weinen, sie spielten gerade Hit the road Jack, ich heiße zwar nicht Jack, aber es war an der Zeit, nach Hause zu gehen, es war überhaupt an der Zeit, nicht immer wieder die gleichen Fehler zu machen. Früher, noch vor zwei Jahren, war das Trinken so etwas wie eine Garantieurkunde für eine Nacht voller Aufregung, Energie und Abenteuer gewesen, später war es so, als werfe man eine Münze, Kopf – toller Abend, Zahl – mäßig, aber mittlerweile kam ich mir vor wie ein grimmiger Rentner, der jeden Samstag abend darauf hofft, daß er endlich im Lotto gewinnt, schließlich hat er für 50 Mark gespielt, schließlich habe ich für 70 Mark getrunken. Vielleicht lag es aber auch gar nicht an mir, kann ja sein, daß früher in jeder Flasche ein Traum war. Der Traum war umsonst, wenn man die Flasche kaufte, heute sind Träume rar, sie stecken sie nur noch in jede 25. Flasche.

8

Esther stand vor meinem Regal und betrachtete meine Bücher, ich lag auf dem Bett und betrachtete ihren nackten Rücken. Drei Tage waren seit dem Besäufnis vergangen, Henry hatte am nächsten Tag seinen Rucksack bei mir abgeholt und sich beschwert, daß ich, der ich doch bei ihm nach dem Rechten sehen sollte, sein Bett nicht frisch bezogen hatte, der Restalkohol legt einem manchmal Dummheiten in den Mund. Den Tag danach hatten Henry, Esther und ich am Baggerloch verbracht, die beiden hatten sich auf Anhieb glänzend verstanden, ein bißchen zu glänzend für meinen Geschmack, aber ich war ja auch verliebt.

An dem besagten Tag also, an dem ich Esthers Rücken bewunderte, war Henry für zwei, drei Wochen zu Kai nach München gefahren, und Esther war abends gekommen. Gerade, als wir uns über Filme unterhielten, die wir beide gut fanden, Down by Law, Der Mann der Friseuse, Paris, Texas, und Filme, die nur ich gut fand, Harley-Davidson & Marlboro Man, Bad Taste, Die Todeskralle kehrt zurück, legte sie ihren Kopf in meinen Schoß, und wir redeten weiter, während ich ihre Haare streichelte, wir redeten, als sei es das Selbstverständlichste auf der Welt, und mit der gleichen Selbstverständlichkeit beugte ich mich runter und küßte sie.

Zuerst berührten sich unsere Lippen nur ganz leicht,

und es schien eine Ewigkeit zu dauern, bis eine ausgewachsene Knutscherei daraus wurde und die T-Shirts quer durchs Zimmer flogen, sie trug keinen BH, sie hatte einen kleinen festen Busen mit dunklen Warzenhöfen, sie hatte den weichsten, zartesten Körper, den ich mir vorstellen konnte.

Ich versuchte nicht, meine Hände irgendwo unterhalb ihrer Gürtellinie unterzubringen, ich mag es, wenn die Frau die Initiative ergreift, außerdem war ich viel zu glücklich, um an Sex zu denken, endlich hielt ich jemanden in den Armen, der nicht meilenweit weg zu sein schien, ich hätte heulen können.

Es muß gegen Morgen gewesen sein, als wir uns beruhigten, um unseren wundgeküßten Lippen eine Pause zu gönnen, ich flüsterte ihr ins Ohr:

– Ich habe mich total verliebt in dich, und sie lächelte, nahm meinen Kopf zwischen ihre Hände und küßte mich auf die Nase.

Ich wußte nicht, ob ich so viel Gutes überhaupt verdient hatte und ob ich den Preis dafür schon bezahlt hatte, oder ob mir das noch bevorstand, ich fühlte mich, als sei ich es nicht wert, so gut behandelt zu werden, doch ich hielt meinen Mund und streichelte nur diesen wunderschönen Busen.

Mir fehlte einfach der Glaube daran, daß ich wirklich etwas zu bieten hatte. Ich fühlte mich dem Druck ausgesetzt etwas Besonderes geben zu müssen, von dem ich nicht genau sagen konnte, was es war. Ich war einfach unfähig, ich fühlte mich nicht ganz wohl in meiner Haut, mir schien es oft so, als gehörte ich gar nicht wirklich auf diesen Planeten, als sei hier nirgendwo ein Platz für mich reserviert, ich konnte keinerlei Erwartungen erfüllen.

Ich habe wenig Vertrauen in die Ruhe und die Geborgenheit, es kommt oft vor, daß ich mich mit einer Platte voller Blues ruhiger und geborgener fühle als zusammen mit einer Frau, aber ich war entschlossen, mich darauf einzulassen, ich fühlte mich wie jemand, der einen Kopfsprung vom Zehner macht und nicht weiß, ob Wasser im Becken ist oder nicht. Dabei würde ich mich nicht als Pessimisten bezeichnen, ich glaube einfach nur, daß einem nichts in den Schoß fällt und daß der Einsatz noch lange nicht bedeutet, daß man am Ende den ganzen Pott absahnt. Und wenn der Einsatz der letzte Rest von Seelenfrieden ist, gerät man schon mal ins Grübeln.

Außerdem, sobald man hat, was man will, ist man nicht mehr heiß darauf, man will mehr, immer mehr. So ist das, der Eigenliebe sind keine Grenzen gesetzt.

Esther war also vom Bett aufgestanden und besah sich meine Bücher, wenn sie den Arm hob, um eins herauszuziehen, konnte ich von hinten die Andeutung ihres Busens erkennen.

– Das ist aber 'ne seltsame Mischung. Hast du die alle gelesen?

– Ja, die meisten sogar von links nach rechts.

Ja, wahrscheinlich war es eine seltsame Mischung, vielleicht zeugte es sogar von ungeheurer Geschmacklosigkeit, Philip K. Dick, Dostojewski und Djian standen zusammen, Baudelaire und Blake wurden von Brautigan gestützt, Hamsun und William Gibson bildeten ein ungleiches Paar, Melville, Mishima und Miller stritten sich, wer der Mutigste war, und Dylan Thomas und Rimbaud hatten Hunter S. Thompson und Mickey Spillane als Nachbarn, die Tom-Waits-Biographie stand neben Allan Watts, und ich kann mir vorstellen, daß sie sich wirklich nicht besonders wohl fühlte.

All diese Bücher hatten etwas gemeinsam, sie sprachen von Verzauberungen und Gefühlen, sie sprachen direkt zu meinem Bauch. Ich würde es sowieso vorziehen, meine Augen beim Lesen auf Bauchhöhe zu haben. Diese Bücher fingen Gefühle mit Worten ein, und für jemanden, der versucht seinen Gefühlen mehr Gewicht zu geben als seinem Verstand, bieten sie genau das richtige. Sie sind voller Leben, Risiko, Tragödien und Unglück. Wenn man ausschließlich seinen Kopf benutzt, erscheint das Leben aberwitzig und sinnlos.

– Man sollte meinen, du liest auch Hemingway!

Sie drehte sich um und sah mich an, ich trank einen Schluck Rotwein aus der Flasche und starrte auf ihre Titten.

– Nee, den mag ich nicht, was ich jetzt aber gerne haben würde, wäre eine Delikatesse, irgend etwas Gesundes wie eine Tiefkühlpizza oder so. Literatur macht einfach nicht satt.

Wir gingen beide in die Küche, ohne unsere T-Shirts wieder anzuziehen, es wirkte sehr unverkrampft, sehr gelöst, man denkt immer, es passiert weiß Gott was, wenn Träume in Erfüllung gehen, aber wenn es dann soweit ist, fühlt man sich einfach nur gut. Mir jedenfalls hat noch nie der Atem gestockt, ich denke immer, ich kann mir das gar nicht vorstellen, und dann ist es einfach da, und man braucht keine Worte darüber zu verlieren.

Der Umluftherd machte blöde Geräusche, aber ich glaube, es war einer der wenigen Augenblicke, in denen jede Art von Musik nur gestört hätte. Wir saßen uns am Küchentisch gegenüber, und ich betrachtete die zart hervorspringenden Warzenhöfe mit den großen Brustwarzen darauf, Esther studierte mich auch sehr genau.

– Treibst du viel Sport, oder woher kommt dieser muskulöse Oberkörper?

– Ich stemme jeden Morgen Hanteln, jogge und mache ein bißchen Yoga.

Sie sah mich an, als hätte ich ihr offenbart, daß ich die Hose vor dem Pinkeln nicht aufmache.

– Bodybuilding?
– Nenn es, wie du willst, Bodybuilding hört sich blöd an ... ich versuche halt, fit zu bleiben ... Ne, mal im Ernst, ich finde, es sieht ganz gut aus, und Kraft, Kraft ist etwas sehr Schönes, sie verleiht dir Unabhängigkeit, Kraft gibt dir ein größeres Selbstbewußtsein, sie steckt in dir, sie läßt dich nie im Stich, Kraft erfordert Disziplin, sie zeigt dir deine Grenzen, vereinfacht dein Leben, körperliche genauso wie geistige. Ich hasse dieses Bild vom Intellektuellen mit Schreibtischbauch, der stolz darauf ist, nichts mit seinen zwei Händen anfangen zu können, außer vielleicht ein paar vorchristliche Masturbationstechniken zu praktizieren, es ist gut zu wissen, daß man gewisse Sachen einfach kann oder weiß.

– Ja, ganz ruhig, das war doch gar kein Angriff.

Ich mußte wohl ziemlich laut geworden sein, ohne es zu merken.

– Hm, auf manche Sachen reagiere ich allergisch, wahrscheinlich völlig unbegründet.

– Welche denn? Da kann ich in Zukunft ja aufpassen.

– Dichter, Intellektuelle, Künstler, schlechte Bücher, Vereine, Ignoranz, Klugscheißer, Mode-Hippies, Techno-Musik, Duttfrisuren, Paragraphenreiter, elektrische Zahnbürsten, Polizisten, Servolenkungen, Versicherungsvertreter ...

Ich mußte laut lachen, ich hörte mich bestimmt an wie ein Misanthrop, ich war verliebt, es kam mir einfach lächerlich vor, so über alles herzuziehen, zumal die Pizza fertig war. Es gab wirklich Wichtigeres, als alles schlechtzumachen.

Wir aßen schweigend und glücklich, sie strahlte, die Vögel fingen an zu zwitschern, ich liebe es, die Morgendämmerung zu erleben, ich habe nur gute Erinnerungen daran. Wenn man so lange auf einer Fete bleibt, daß man blinzelnd ins erste Licht hinausstolpert, das letzte Glas noch in der Hand, die allerletzte Zigarette im Mundwinkel, völlig erschöpft, dann muß es gut gewesen sein. Wenn man die ganze Nacht kein Auge zutut, dann nur, weil es sich wirklich gelohnt hat, weil die Nacht uns mit Wundern, Aufregung und Kindheit beschenkt hat, die Morgendämmerung ist die letzte Zeile, die Unterschrift unter einer der Nächte, die so selten sind wie siamesische Zwillinge mit vier Köpfen.

– Was hältst du davon, wenn ich heute bei dir übernachte?

– Komm, laß uns ins Bett gehen.

Sogar den göttlichsten Momenten kann man eine Krone aufsetzen, wir aßen zu Ende, zogen die Vorhänge zu, um nicht vom Sonnenlicht gestört zu werden in unserem Schlaf, es passiert schon mal, daß Sonnenstrahlen einen in der Nase kitzeln oder sich wie goldene Lanzen ins Herz bohren. Wir schlüpften aus unseren Jeans, sie hatte einen schwarzen Seidenslip an, ihr Hintern sah sehr einladend aus, doch ich wollte keinen Sex, ich wollte mich an sie kuscheln, ihre warme Haut spüren und in den Schlaf hinabgleiten, wir legten uns ins Bett, und sie küßte meinen Hals.

– Ich werde mich klammheimlich davonschleichen und dir auf dem Spiegel eine Nachricht mit Lippenstift hinterlassen.

– Schlaf schön, Esther, und erzähl keinen Scheiß.

Eng aneinandergekuschelt schliefen wir ein, ich wachte ein paar Mal auf, küßte sie, wo ich gerade hintraf, und schlief dann wieder ein.

9

Das Aufstehen nach so einem Schlaf ist etwas ganz Besonderes, wie durch ein Wunder wacht man gleichzeitig auf, ist sofort hellwach und fühlt nur eine angenehme Schwere, man wird nicht ins Leben rausgestoßen, nein, man wacht auf und freut sich auf das, was kommt. Wochenlang war ich mit Gedanken an Esther aus dem Bett gestiegen, jetzt lag sie neben mir, und ihre Brüste wünschten mir einen guten Morgen.

– Guten Morgen, Alex, ich seh bestimmt aus wie ein Gespenst.

– Du siehst wunderbar aus.

Ich legte meinen Kopf auf ihre Brust, verdammt, das war zu schön, es tat fast schon wieder weh, sie streichelte meinen Nacken.

– Komisch, manchmal geht so eine unerklärliche Traurigkeit von dir aus.

Sie traf etwas, das ganz tief in mir drin war, sie konnte in mich reinsehen, vielleicht war das der Mensch, der mich verstehen konnte, zwei Tränen kullerten langsam aus meinen Augen, die eine blieb an meinem Nasenbein hängen, doch die andere tropfte genau auf ihre Brustwarze, und Esther schreckte auf.

– Hey, was ist? Habe ich etwas Falsches gesagt?

Sie strich mir durchs Haar und küßte mich auf den Mund.

– Hey, tut mir leid, wenn ich was Falsches gesagt hab, heee.

– Schon gut, ich freu mich nur.

Ich überlegte kurz und entschloß mich dann zu einer besseren Erklärung.

– Weißt du, das trifft mich, weil ich mich tatsächlich

oft traurig fühle. Es kommt mir vor wie eine chronische Krankheit. Ich bin traurig in diesem Leben, und ich habe das Gefühl, nichts dagegen tun zu können. Ich besitze einfach keinen großen Ehrgeiz, und ich kann mich sehr schlecht begeistern. Das sind Sachen, die man nicht lernen kann. Ich langweile mich so entsetzlich schnell, Filme, Bücher, Hobbys, Menschen, egal, ich kann mich nicht dafür erwärmen. Das, was die meisten machen, berührt mich überhaupt nicht. Dann komme ich mir auch selber langweilig vor, und das macht mir angst. Und es macht mich depressiv. Ich habe das Gefühl in einem System zu stecken, in das ich mich nicht fügen kann, ich komme mir vor wie in einem Labyrinth. Man findet so selten jemanden, der einen versteht. Meine Mutter ist schon tot, und mein Vater ist ein Starrkopf. Dann ist da Kai, wir sind uns ähnlich, aber er ist stärker als ich. Henry? Henry wird nie verstehen, wie ich lebe, ich verstehe ihn auch nicht. Vielleicht ergänzen wir uns, vielleicht sind wir aber nur von dieser Gegensätzlichkeit angezogen. Keine Ahnung.

– Im Grunde sind wir alle gleich. Jeder ist irgendwo unzufrieden, keiner kann von sich behaupten, glücklich zu sein. Wir sind alle gar nicht so verschieden, wie wir immer tun.

– Doch ich schon.

Wir lachten beide.

Beim Frühstück verwandelten wir die Küche in ein Schlachtfeld, Sahneflecken auf dem Boden, Krümel in der Butter, Kaffee auf der Tischdecke, und eine Scheibe Käse klebte auf den Fliesen über der Spüle, die Welt konnte uns am Arsch lecken, niemand, der uns auf die Nerven gehen konnte, die Erde war ein wahrhaft erbärmlicher Platz, aber wir hatten die rosa Wolke Nummer sieben erwischt, und ich, für meinen Teil, hatte keine Lust, jemals wieder auszusteigen.

Mit Marmelade im Mundwinkel stieg Esther wieder ins Bett, und ich warf mich auf sie und tat mein Bestes, sie zu kitzeln, bis sie Tränen lachte, und gleichzeitig die Kissen und Fußtritte abzuwehren. Ich war zwar stärker, aber sie hatte den entscheidenden Vorteil, nicht ein Paar Eier zwischen den Beinen baumeln zu haben, auf die man zuallererst höllisch achtgeben mußte. Als wir nach einer Viertelstunde keuchend und schweißüberströmt nebeneinander lagen, spürte ich ihre Hand auf meinem nackten Bauch, sie streichelte eine Weile um den Nabel herum und glitt dann in meine Shorts und kraulte meine Schamhaare, mit ihrer freien Hand zog sie ihren Slip aus und beugte sich dann über mich, um mir einen Feuerkuß zu verpassen, der sogar dem Papst eine satte Erektion beschert hätte. Sie nahm meine Hand und führte sie zwischen ihre Beine, sie war naß, und ihre Finger massierten mittlerweile meinen Penis, ich konnte ihren Saft spüren und riechen, ihre Brustwarzen waren aufgerichtet, sie stöhnte leise, das ging wohl zehn Minuten so, vielleicht auch zwanzig, dann richtete sie sich auf und sah mir fragend in die Augen. Mein Penis war kaum größer als mein Haustürschlüssel – und lange nicht so hart.

Es war schon zwei Jahre her, seit ich das letzte Mal mit einer Frau geschlafen hatte, ich hatte sie auf einer Fete abgeschleppt, vier Monate, nachdem Sonja mich wegen eines Künstlers verlassen hatte. Ich wußte nicht mal ihren Namen, als wir nackt im Bett lagen, ich wollte wirklich nicht bumsen, doch sie sagte:

– Paß bitte auf, ich nehme die Pille nicht, und ich drang in sie ein, weil es wohl so sein mußte, ich lag auf ihr und pumpte und pumpte.

Das letzte Mal mit Sonja ist mir auch noch in Erinnerung, gerade als ich fertig war, erzählte sie mir, sie hätte da einen anderen und der sei zumindest im Bett Längen besser als ich. Mein Sexualleben sah seitdem aus wie ergraute Schamhaare.

– Tut mir leid, ich habe da irgendwie doofe Erinnerungen.

– Ist doch völlig in Ordnung, kann ja jedem mal passieren ... Willst es erzählen?

– Nicht jetzt ... Aber was wir auch noch klären müßten ...

– Ich nehme die Pille, mein Aids-Test liegt zu Hause, negativ ... Und du wärst der Hundertelfte auf meiner Liste.

– Mein Test liegt da vorne in der Schublade.

Sie lachte, und mir steckte ein Kloß im Hals, mir fielen die unzähligen Flecken ein, die ich im Laufe dieser zwei Jahre auf meinem Laken hinterlassen hatte, da lag ich nun mit zwei großen formvollendeten Eiern und einem schlaffen Ding, das mich im Stich ließ, das möglicherweise im STANDE war, Esther in die Arme eines anderen zu treiben, wer will schon einen Totalversager im Bett, Sonja hatte auch einen Zuchthengst vorgezogen, alles Glück schien auf meinem Schwanz zu lasten, wenn er es nicht schaffte, war alles verloren.

– Aleeex, das ist doch nicht wichtig, jetzt schau doch nicht so deprimiert, deshalb mag ich dich nicht weniger, das klappt bestimmt, man darf es nur nicht erzwingen wollen.

Sie nahm mich in die Arme und küßte mich auf die Augenlider, mein Magen verkrampfte sich, ich lag reglos da, das traf mich hart, ein Mann ohne Erektion ist kein Mann, er ist noch nicht einmal ein Eunuch.

– Sollen wir uns anziehen und ins Kino gehen, irgendeinen Scheißfilm, ich kann nicht länger hier liegenbleiben.

– Klar, wenn du Lust hast.

Während wir uns fertigmachten, kitzelte sie mich immer wieder und erzählte mir Witze, bis ich einmal so tat, als würde ich lächeln, sie gab sich Mühe, mich aufzumuntern, und ich überlegte, wieviel Zeit mir wohl bliebe, bis sie sich langweilte mit meinem Schwanz, der nicht besonders viel Abwechslung bot, was die Größe anbetraf.

10

Der Sommer näherte sich langsam seinem Ende, die Sonne gab noch mal ihr Bestes, es war heiß, ohne daß man die ganze Zeit schwitzte wie ein Bekloppter, ich schlug vor, zu Häagen Dazs zu gehen, für's Kino war es eh noch zu früh, aber ich hatte mir was dabei gedacht, so früh aus dem Haus zu gehen. Hier draußen würde sie nicht von mir erwarten, daß ich sie bumste.

Vanilla, Peanutbutter, Cookies, Coffee Chip, es waren die leckersten Sorten, mit einer Familienpackung saßen wir am Rhein, dieses Eis übertrifft so ziemlich alles, was ich kenne, ich würde es jederzeit gegen ein Kilo Weingummi tauschen. Und Weingummi kommt bei mir gleich nach Erdnüssen. Daß es nichts gibt, das sich mit den Blizzards von Dairy Queen, die ich wochenlang in Amerika zum Frühstück gegessen habe, messen kann, steht für mich außer Frage. Ein Blizzard in der Wüste, das der Verkäufer kurz kopfüber hält, um zu beweisen, daß dieses Eis FEST zu seinem Versprechen steht, gut zu schmecken, das ist eines der Zeichen, die einen guten Tag ankündigen.

Sicher, die Welt war ungerecht, da saß ich mit einer

der schönsten Frauen, die ich je kennengelernt hatte, ich sah aus, als hätte ich seit Wochen in meinen Klamotten geschlafen, ohne auch nur die Schuhe auszuziehen, und ich hatte die sexuelle Anziehungskraft einer siebzigjährigen jungfräulichen Bibliothekarin, ich war nervös.

– Alex, mach dir doch nicht so viele Gedanken darüber!

– Wer sagt denn, daß ich mir Gedanken darüber mache?

– Niemand, es steht dir auf der Stirn geschrieben, in Leuchtschrift. Ich habe lieber jemanden, den ich mag wie dich, als einen Akrobaten, der das Kamasutra vor- und rückwärts bumsen kann.

– Ja, wahrscheinlich hast du recht, aber irgendwie kann ich es nicht ganz glauben.

– Vergiß es einfach, je mehr du darüber nachdenkst, desto beschissener wird's.

Die Sonne lächelte mir zu, als Esther mir einen dicken klebrigen Kuß auf die Wange drückte, mach dir keine Sorgen, Junge, schien sie zu sagen, ich helfe dir, nimm's mit einem Grinsen, selbst wenn Winter ist, unsere Chance kommt, ist es nicht ganz gut gelaufen bisher, das Schlimmste in den letzten Wochen war das mit deinem Schneidezahn, aber du siehst noch lange nicht aus wie Shane McGowan, du bist noch nicht am Ende. Wenn du ihr eines Tages deinen Penis langsam reinschiebst, wird er die Kraft eines Kinnhakens haben.

Something's always going wrong, when things are going right, summte ich als Antwort, und die Sonne bekam einen Stich ins Rötliche, vielleicht schämte sie sich.

– Jetzt habe ich fast alles alleine aufgegessen, soll ich vielleicht auch alleine ins Kino?

– Ne, Quark, tut mir leid.

Monkey Business war der Film, den wir uns ansehen wollten, nicht, daß ich ein Nostalgiker wäre oder ein ausgesprochener Hasser der Moderne, aber diese alten Filme haben für mich eine Klasse, die heutzutage nur noch selten erreicht wird, gegen Robert Mitchum, Humphrey, James Stewart, John Wayne nehmen sich Michael J., Tom Cruise und wie sie alle heißen doch recht blaß aus, und 19 von 20 Filmen, die in den letzten Jahren liefen, hinterließen bei mir einen Geschmack wie Süßstoff statt Zukker im Kaffee oder wie nikotinarme Zigaretten, da kann ich gleich aufhören zu rauchen, aber ich höre nicht auf, ins Kino zu gehen. Es ist ja immer wieder was Gutes dabei, auch wenn man das nicht vorher ahnen kann, ich habe mehr Filme bis zur Hälfte gesehen als zu Ende, ich akzeptiere das Kino nicht als Folterkammer, special effects hin und her, Bela Lugosi bleibt bis in alle Ewigkeiten der weltbeste Dracula-Darsteller auf diesem Planeten.

Esther streichelte meine Hand, und wir hörten den zwei Idioten hinter uns zu, sie eher belustigt, ich, ich hätte mich umdrehen und einen riesigen Schwall Kotze über sie ergießen können, aber ich konnte es mir gerade so verkneifen. Der eine erzählte von seiner Interrail-Tour mit seinem besten Freund, sie hatten ihre Rucksäcke in Deutschland mit Fertigsuppen vollgestopft, um unterwegs immer etwas zu essen zu haben, und drei Wochen später hatten sie sich auf einem Campingplatz in Spanien nachts um halb eins um die letzte Tüte Knoblauchsuppe GEPRÜGELT, und der Schwachkopf erzählte die Geschichte, als sei sie das beste Erlebnis der ganzen Reise gewesen. Kann sein, daß es das sogar war. Esther konnte ein Lachen nicht unterdrücken, und ich war froh, daß das Licht ausging, gerade als unser Suppenfreund mit einem neuen Schwank aus seinem Leben beginnen wollte.

In was für einer Welt lebte ich überhaupt? Da prügelten sich zwei wegen einer Mark, sie kriegten sich wegen nichts in die Haare. Überall, wo man hinblickte, sah man verkniffene Fratzen, Gehirnamputierte, Arschgesichter, manchmal beschlich mich dieses Gefühl, einer ganz anderen Rasse Mensch anzugehören, manchmal beschlich mich das Gefühl, für Dummheit müsse die Todesstrafe eingeführt werden. Menschlichkeit und Hilfsbereitschaft waren für die meisten völlige Fremdworte, fremder als Numismatik oder Obstruktion, ich konnte mir einen elektrischen Radiergummi kaufen oder an der Weltmeisterschaft im Mistgabelweitwurf teilnehmen, beheizbare Außenspiegel am Auto, Gebrauchsanweisungen auf Weinflaschen, nichts war mehr unmöglich, die Palette der Freizeitbeschäftigungen ging ins Unendliche, die Freiheit hatte ihren vorläufigen Höhepunkt erreicht, jetzt im letzten Jahrzehnt des 20. Jahrhunderts, und keiner, den ich kannte, war fähig, mit dieser Freiheit umzugehen. Das war noch nicht mal weiter tragisch, nur besaßen die meisten Menschen anscheinend den Wunsch, ihr Leben in einen Misthaufen zu verwandeln, sie schienen nicht im geringsten daran interessiert zu sein, sich zu helfen, Augenblicke der Befriedigung oder der Freude zu erleben. In meinen Augen klammerten sie sich an ein Stück gefrorene Kacke, weil es ihnen wie ein sicherer Halt erschien, keiner VERSUCHTE auch nur etwas anderes. Ich konnte Amokläufer gut verstehen und Selbstmörder auch, ich konnte verstehen, wie jemand durchdrehte, ob die Welt deine Zwangsjacke ist oder ein Stück Stoff, da ist nicht viel Unterschied. Eine Maschinenpistole und Blutflecken auf dem Boden, die aussahen wie Vororte meines Hirns, das wollte ich.

– Hey, Alex, du zerquetschst meine Hand.

– Oh, entschuldige, ich habe nur gerade an etwas gedacht.

Ich streichelte ihr Knie, und den Rest der Zeit konzentrierte ich mich auf die Leinwand, den genialen Anfang hatte ich verpaßt, doch es gab noch ein paar Szenen, die mich fast zum Lachen brachten. Die ganze Zeit saß mir ein Ungeheuer im Nacken, irgendwann würde der Film zu Ende sein.

Als wir später ins Dunkel traten, wollte Esther mir wohl keine Gelegenheit lassen, auf dumme Gedanken zu kommen, sie faßte mich um meine Taille, und ich entschloß mich, meinen Arm um ihre Schulter zu legen, sie säuselte mir fortwährend süßen Schwachsinn ins Ohr. Nicht, daß ich so etwas nicht großartig finden kann, nur in dem Moment graute mir vor dem Augenblick, in dem ich alleine mit ihr in einem Zimmer sein würde, womöglich einem Zimmer mit einem Bett. Sie schob ihre Hand in die Backentasche meiner Jeans und fuhr sich mit der freien Hand durch die Haare, die Typen, an denen wir vorbeigingen, warfen mir neidische Blicke zu, das konnte ich nicht leugnen, sie ahnten nichts von meinen Problemen.

– Komm, ich lade dich noch auf ein Bier ein, wenn du Lust hast. Ich kenne da vorne eine Kneipe, da gibt's Budweiser vom Faß.

Sie hing an meinen Lippen, sie sah wunderschön aus, sie wartete auf eine Antwort, und ich konnte unmöglich nein sagen, es war das erste Mal, daß sie mich einlud, und außerdem fragte ich mich, woher sie das gewußt hatte, daß ich am liebsten Budweiser vom Faß trank. Ich hatte es ihr nicht erzählt.

– Ja, gehen wir noch'n Bier trinken.
– Noch was ... Kann ich heute wieder bei dir schlafen?
– Klar.

Mein Herz setzte kurz aus und fing dann an, schneller zu schlagen, aber wie hätte ich nein sagen sollen?

– Darf ich dann morgen 'ne frische Shorts und ein

T-Shirt von dir haben? Ich will jetzt nicht noch nach Hause.

– Keine Frage.

Ihre Stimme klang so weich, so zart, sie umhüllte mich wie ein Zuckerguß. Esther blieb stehen, steckte ihre freie Hand unter mein T-Shirt, legte sie auf meine Brust und gab mir einen Kuß, der mir unter anderen Umständen den Boden unter den Füßen weggezogen hätte, sie wußte, wie man es anstellte.

Die Kneipe war proppenvoll, mich überkamen Zukkungen, wenn ich mir vorstellte, zwischen schweißbedeckten Glatzen und unförmigen Eutern eingeklemmt, ein abgestandenes Bier trinken zu müssen, die Leute standen Schlange bis auf die Straße, das Wetter war angenehm lau, es war eine schöne Nacht, es blieb genug Zeit, sich bis Mitternacht besinnungslos zu besaufen – Besoffene haben keine Ständer –, es war genug Zeit, alles zu vergessen, bevor der neue Tag anbrach, doch selbst ein Alkoholiker hätte gezögert, eine Dornenhecke mit Tretminen war ein Kinderspiel, verglichen mit dem Weg zur Theke.

– Hör mal, warte einfach hier, ich hole zwei Bud, und dann können wir uns auf die Mauer da drüben setzen.

– Machen wir's umgekehrt!

Ich wollte mich schon in den Höllenschlund begeben, als sie mich zurückzog.

– ICH lade DICH ein, und ICH gehe das Bier holen, okay?

Sie schritt in die Kneipe, und es sah beeindruckend aus, wie sie das machte. Mir fiel die Kinnlade runter, als sie kaum drei Minuten später mit zwei Gläsern wieder heraustrat, ich hatte gedacht, es würde ein bis zwei Zigaretten dauern, aber sie schwitzte noch nicht einmal, und sie hatte ein Lächeln auf den Lippen, das wohl gratis zu dem Bier dazukam, vielleicht sollte ich mich doch öfter von ihr einladen lassen, dachte ich. Frauen können manchmal aus einem nichtigen Anlaß die ganze Welt auf den Kopf stellen.

Wir stießen an, als wir auf der Mauer saßen und die Füße baumeln ließen, ich wollte gerade mein Glas ansetzen, als sie ihre Hand auf meinen Arm legte, ich ließ das Glas sinken. Sie verzauberte mich mit einem Lächeln und hauchte mir einen Kuß auf die Lippen. Ich setzte noch mal an, ich konnte die Stelle an meinem Unterarm spüren, auf die sie ihre Hand gelegt hatte, ich fühlte noch jeden einzelnen ihrer langen dünnen Finger, ich konnte fast die tief eingegrabene Lebenslinie zwischen den Härchen spüren. Das Bier war eiskalt, das Glas war beschlagen, ich trank, und mit jedem Schluck fühlte ich mich etwas besser, ich trank, bis das Glas leer war, und als ich absetzte, blickte ich Esther ins Gesicht. Ich fühlte mich jetzt gut, das hatte nichts mit dem Bier zu tun, es hätte auch kalte Limo sein können, ich merkte auf einmal, daß es klappen würde, ich hatte die absolute Gewißheit.

11

– Kapitel elf, die ersten zehn können wir vergessen, Versuch Nummer vier, auf 'nem Bogen Papier ist keinen Pfennig wert, derselbe Lärm in der gleichen Stadt, jeden Tag aufs eigene Klo, mittags noch vom Frühstück satt, oder war's nicht so?, Bücher dieser Art langweilen mich und machen mich schlapp, die Kritiker sind nicht zimperlich und schießen mich ab – SIE SCHIESSEN MICH AB, sang ich vor lauter Übermut den Text von der Keimzeitplatte mit, die gerade lief. Das war ein wunderbarer Tag, ich hatte gerade zum vierten Mal mit Esther geschlafen, und es übertraf alles, was ich in dieser Richtung je erlebt hatte.

Nach dem Bier waren wir zu mir gefahren, ich war unheimlich scharf auf sie, und keine zehn Minuten, nachdem ich die Haustür ins Schloß fallen gelassen hatte, lagen wir auf dem Bett und verschmolzen miteinander. Nach dem zweiten Mal schliefen wir glücklich ein, um Kräfte zu sammeln, und am nächsten Morgen wiederholten wir das Ganze, ich fühlte mich großartig, die Platte lief, wir lümmelten uns im Bett ohne einen einzigen Wunsch, ohne die geringste Anstrengung, und hätten sie an dem Tag die Bombe hochgehen lassen, sie hätten mich mit einem Lächeln erwischt, es war, als ob wir auf einem Gipfel stünden, irgendwo auf dem Mars, der Rest der Welt konnte mir gestohlen bleiben, ich hatte noch genug, SO WOLLTE ICH LEBEN, in den Armen von Esther liegen, kein Arschloch weit und breit, das mich nerven könnte, wochenlang keine einzige Faser am Leib, küssen, streicheln, reden, miteinander schlafen. Okay, es hätte noch ein Flipper in der Ecke des Zimmers stehen können, um den Adrenalinspiegel ab und an in schwindelerregende Höhen zu treiben, aber das war eine Kleinigkeit, ich kam auch sehr gut ohne zurecht.

Esther hatte, genau wie ich, nicht die geringste Lust, das Bett zu verlassen, sie vergrub ihre Hände in meinen Haaren und drückte mir Küsse, die mich erschauern ließen, auf jeden Millimeter meines Körpers, es war einer der kürzesten Tage meines Lebens, kaum hatte der Tag so wundervoll angefangen, begann es bereits wieder zu dämmern, und die Konturen wurden langsam unscharf, als ob jemand eine Schicht Sahne über alles gelegt hätte.

In Stunden solchen Zaubers fällt mir meine Kindheit ein, ich könnte beim besten Willen nicht sagen, ob sie glücklich war oder nicht, aber die Unschuld und der

Zauber herrschten darin wie ein gutmütiges, altes Königspaar. Damals dachte ich, Butter mache stark, weil Stephan immer ganz dick Butter auf seinem Brot hatte und mich jeden Tag verprügelte, aber da meine Mutter sagte, daß zuviel Butter ungesund sei, und sie wegschloß, zerbrach ich Bleistifte, um stärker zu werden. Wenn ich das Blut in meinen Schläfen pochen hörte, dachte ich, das seien Schritte von lauter kleinen Soldaten, die in meinem Kopf umhermarschierten, ich dachte, man werde immer größer, je älter man wird, ich glaubte, alle Schwarzen hätten einen Turban auf dem Kopf und einen großen, goldenen Ohrring wie der Sarotti-Mohr.

Die Zeit der Kindheit war verzaubert von irgendeiner guten Fee, man kannte keine Verzweiflung, keine Hoffnung, keine Resignation, Trauer war eine Sache von zwanzig, dreißig Tränen, und Schmerz war immer nur körperlich. Von 1970 bis 1975 habe ich mich wahrscheinlich doch sehr gut gefühlt, Elvis lebte noch, und ich hatte alle Zeit der Welt, die Tage waren unendlich lang, und ich hätte bedenkenlos zwei oder drei Jahre verschenken können, alles war voller Wunder und Geheimnisse, ich war davon überzeugt, später einmal Dornröschen heiraten zu können, und es gab nie dunkle Wolken am Himmel. Und Esthers Umarmung holte ein Stück davon zurück, das Leben war wie ein Fluß, und wir saßen an der Quelle.

Esther erzählte mir, wie sie als kleines Mädchen mal hingefallen war und sich ein Loch in die Wollstrumpfhose gerissen hatte, Stunden hatte sie damit verbracht, das Wollstück, das in dieses Loch paßte, auf der Straße zu suchen, und nun waren wir wieder genau da und suchten zusammen.

– Alex, was glaubst du, wie lange können wir hier so liegen?

– Weiß nicht, ich kann das Telefon ausstöpseln und die Klingel abstellen, ich kann für dich kochen, wenn du Hunger hast, dir was vorlesen, wann immer du möchtest, wir könnten Stunden mit Baden verbringen, Knutschen, Kuscheln, Bumsen. Wir könnten es lange aushalten, eine Woche, zwei, drei, bis Silvester, Ostern, ich weiß nicht.

– Es ist wunderschön, ich möchte nicht, daß es jemals zu Ende geht.

Wir schwiegen, sie legte ihren Kopf auf meine Brust, und nach einer ganzen Weile entschloß ich mich, es ihr zu sagen, ich wollte sie an meinem Leben teilhaben lassen, aber es gab da etwas, das ich ihr verschwiegen hatte, es gab da etwas, mit dem ich nicht hausieren ging, ich glaube, daß es falsch ist, es sich bei solchen Sachen zu einfach zu machen.

– Hm, ich weiß nicht recht, wie ich es sagen soll ... Ich schreibe ... Ich schreibe Gedichte, nicht nur einfach so, ich meine, das ist das, was ich will, das, woran ich jeden Tag denke, es ist was, woran ich glaube, ich will Gedichte schreiben so schön wie der Tag heute, mit einer gewaltigen Kraft.

Ich holte tief Luft, ich hatte sehr schnell gesprochen. Sie setzte sich auf und sah mir in die Augen.

– HAST DU WELCHE DA?

– Ja.

– Darf ich die bitte mal lesen? Jetzt?

– Ja, wenn du willst. Du solltest ihnen nicht zuviel Bedeutung zumessen.

Ich stand auf und nahm mein Manuskript aus der Schreibtischschublade, meine Hände zitterten, in diese sechzig Seiten hatte ich so viel Ausdauer, Kraft und Seele reingesteckt, daß sie mir zentnerschwer erschienen. Ich hatte Angst, es könne ihr nicht gefallen, auf einmal schien es mir pubertäre Lyrikabsonderung von einem pickligen

Sechzehnjährigen zu sein, mein Herz galoppierte, als ich ihr das Manuskript aufs Bett warf.
– Ich geh mir ein Bier aus'm Kühlschrank holen.

Ich lehnte mich mit der Flasche in der Hand gegen die Spüle und betrachtete den Mond, was für ein Tag, der da zu Ende ging, was würde sie sagen, würde jetzt alles umkippen, hatte ich diesen Tag versaut, indem ich ihm eine Pappkrone aufsetzte, hatte ich es mir doch zu einfach gemacht, war es nicht scheißegal, ob ich mich für einen Poeten hielt oder nicht, machte das überhaupt einen Unterschied, welcher Schmerz stand mir bevor, wenn sie mir ehrlich ihre Meinung sagte?

Ich ließ mich zu Boden gleiten, nahm einen gewaltigen Schluck und blickte an die Decke. Großer Gott, wenn es dich gibt, schenk mir die Kraft, es gleichmütig hinzunehmen, wenn es ihr nicht gefällt, ich habe dich nie um viel gebeten, laß diesen Tag nicht einen Abgrund hinunterstürzen, laß mir Zeit, was man auf der einen Seite gewinnt, verliert man auf der anderen, ich weiß, aber laß es heute nicht so sein, laß uns sanft in die Nacht hineingleiten, schubse mich nicht in die Finsternis.

Ich stand auf, ging zum Kühlschrank und nahm einen Schluck aus der Bushmills-Flasche, ich wußte, Gott hätte das nicht gerne gesehen, aber ich wußte mir nicht anders zu helfen, die Flasche noch in der Hand, die Kühlschranktür noch offen, blieb ich wie versteinert stehen, meine Eingeweide vibrierten synchron mit dem Kühlschrank, ich konnte mir nicht vorstellen, irgendwann einen Fuß vor den anderen zu setzen und zurück ins Zimmer zu gehen, die Ungewißheit kann einem manchmal ganz schön zu schaffen machen. Hätte ich in dem Augenblick einen Wunsch frei gehabt, ich hätte mir gewünscht, das Manuskript möge sofort in Flammen aufgehen wie viele seiner Vorgänger.

– ALEX, HAST DU DEN KÜHLSCHRANK NICHT GEFUNDEN ODER WAS?

Mein Blick fiel auf die fettreduzierte Leberwurst, die hatte aber nichts mit dem Ganzen zu tun, also schloß ich den Kühlschrank und ging mit der Flasche in der Hand rüber, ich schraubte den Deckel nicht drauf. Es gibt Sekunden, die können über Leben und Tod entscheiden.

Ich blieb im Türrahmen stehen, sie lag seitlich auf dem Bett, hatte den Kopf in die Hand gestützt, sie sah wunderbar aus, kurz blieben mein Blick an ihren Schamhaaren hängen, dann schaute ich ihr ins Gesicht, ich konnte nichts darin erkennen. Sie schwieg, das Manuskript lag vor ihr, das war keine Geschichte, kein Roman, Gedichte kann man nicht einfach so runterlesen, sie mußte sie beschissen gefunden haben.

47 Gedichte in 20 Minuten, da kriegt man Verdauungsstörungen, natürlich wußte sie jetzt nicht, wie sie es mir sagen sollte, sie sah mich nur prüfend an, ich nahm einen tiefen Schluck aus der Flasche, die Ritter wehrten früher auch Schläge mit einem Schild ab, wer konnte mir da verbieten, mit einer Flasche in der Hand durch die Gegend zu spazieren?

Nach einer Minute machte sie den Mund auf. Eine Minute kann verdammt lang sein, nach so einem kurzen Tag.

– Da steckt so viel Verzweiflung drin ...

Ich entkrampfte mich ein bißchen.

– Es hört sich so resigniert an, so hoffnungslos ...

Ich schraubte den Deckel auf die Flasche.

– Ja, wahrscheinlich steckt zuwenig Humor drin, sagte ich und grinste.

– Irgendwie kann ich mir gar nicht vorstellen, daß du sie geschrieben hast.

– Ich schreibe nur Gedichte, weil ich nicht das Geld habe, die ganze Zeit besoffen zu sein.

– Ein paar finde ich sehr schön, ich müßte sie alle noch mal in Ruhe lesen.

Ich kratzte mich am Sack, um sie zu ärgern.

– Du bist EKELHAFT.

Ich lachte. Wenn man die Verzweiflung, die einen Zwanzigjährigen überkommen kann, aus den Gedichten rauslesen konnte und ein paar sehr schön waren in ihrer Beschreibung der Agonien, wenn man bedachte, daß ich seit zwei Jahren kein Gedicht mehr geschrieben hatte, na dann konnte man sich am Sack kratzen und lachen, ich ging auf Esther zu, fegte das Manuskript mit einer Handbewegung vom Bett, und mit einem halbsteifen Schwanz machte ich mich daran, sie auszukitzeln.

Später versuchte ich ihr zu erklären, wie einsam ich mich gefühlt hatte, als ich die Gedichte schrieb. Ich hatte gerade mein Abitur mit Kais Hilfe bestanden, und die Zeit, die danach kam, diese paar Monate, die ich nichts, aber auch gar nichts zu tun hatte, war schrecklich für mich gewesen.

Zuerst fühlte ich mich befreit von diesem ganzen Bockmist in der Schule, aber sehr schnell hing ich in der Luft und verspürte eine große Leere. Ich hatte kein einziges Ziel vor Augen, und Abitur hatte ich auch nur gemacht, weil mir nichts Besseres einfiel. Dann verließ Sonja mich, und der Rest der Welt, die ich mir aufgebaut hatte, ging den Bach runter, alles mündete ins Salzwasser. Abend für Abend kletterte ich unzufrieden und traurig in mein Bett und brauchte mindestens fünf Bier und vier Stunden um einzuschlafen.

– Das sind die Vorteile, wenn man auf dem Dorf wohnt, sagte Esther, da hängt man nicht in der Luft, da sind die Leute füreinander da. Jeder kennt jeden, und man kümmert sich um dich. Überhaupt gehen die Menschen viel wärmer miteinander um. Diese Großstadt ist oft wie ein riesiges Monster, das dich verschluckt.

– Aber hier ist das Leben, hier sind die Abenteuer, hier kann man sich ausleben.

– Was tust du denn schon, um dich auszuleben? Gar nichts!

– Eben. Das könnte ich in so einem Kaff nicht. Da würden alle mit dem Finger auf mich zeigen.

– Aber sie würden dir Aufmerksamkeit schenken. Hier hast du ja noch nicht einmal jemanden, der mit dem Finger auf dich zeigt. Vielleicht brauchst du ja gerade das.

– Ich kann aber nicht unter Zwang handeln, was ich mache, mache ich nur freiwillig, und ich habe eben selten Lust, etwas zu machen. Das liegt aber gar nicht an der Großstadt. Sieh dir nur Henry an, der ist auch hier groß geworden, der hat unendlich viele Bekannte, der ist freigebig mit Nettigkeiten, der hängt nie in der Luft. Oder Kai, auch ein Großstadtkind, der hängt auch nie richtig in der Luft, der hat eben die Kraft. Auf der einen Seite wäre ich gerne genauso wie er und auf der anderen würde ich wahrscheinlich sofort mit Henry tauschen, das ist mein Problem. Ich kann mich nicht endgültig entscheiden, ich stecke immer zwischen diesen widersprüchlichen Wünschen fest, und das macht mich fertig. Ich denke, es gibt da keinen Ausweg für mich.

Eine halbe Stunde später drang ich in sie ein und vergaß minutenlang alles, was ich gesagt hatte.

Später erzählte ich ihr von meiner Beziehung zu Sonja und von den paar belanglosen Geschichten, die sich vorher ereignet hatten.

Sie bemerkte, daß ich ja schon ziemlich viel Erfahrung hätte, was mich erstens freute und zweitens stutzig machte. Ich hatte immer geglaubt in solchen Sachen ein Spätzünder zu sein, und ich war bisher auf niemanden meines

Alters gestoßen, der auf sexuellem Gebiet weniger erlebt hatte als ich.

– Ich hatte erst einen Freund, erzählte Esther, nachdem ich ein wenig gebohrt hatte, wir sind in dieselbe Klasse gegangen. Wir waren damals siebzehn, und er war der einzige in unserem Dorf, der mich interessierte. Mit ihm war ich dann zusammen, bis ich nach Köln gezogen bin. Eine Zeitlang habe ich sogar geglaubt, ich würde ihn heiraten. Ich habe, ehrlich gesagt, auch keinen Aidstest zu Hause liegen. Ich kann kein Aids haben, es war für uns beide das erste Mal.

– Warum habt ihr euch denn getrennt?

– Es hat auf die Entfernung einfach nicht funktioniert. Es war wohl nicht genug Gefühl im Spiel, es war mehr die Gewohnheit.

– Und du willst mir erzählen, du hast in Köln noch nicht einmal ein kurzes Abenteuer erlebt?

Sie strahlte.

– Ich wollte auf den Richtigen warten.

Ich war zu verliebt, um mir zu überlegen, wie wenig Erfahrung sie besaß und wie es einen drängen konnte, möglichst alles zu erfahren. Ich konnte schon wieder mit einer Erektion aufwarten, die sich nicht zu verstecken brauchte.

12

Eine Woche hielt sie es aus, dann sagte sie:

- So viel Nähe erdrückt mich, sei mir bitte nicht böse, ich brauch ein paar Tage für mich, ich kann mich nicht so auf eine Person fixieren, ich muß auch mal etwas mit meinen Freundinnen machen.

Wir waren gerade aufgewacht, das Licht der Sonne war sehr mild, ein paar Schäfchenwolken waren am Himmel, es wehte ein lauer Wind, und auf dem Kopfkissen kräuselte sich eins von Esthers Schamhaaren. Es hatte sehr vielversprechend angefangen, aber noch bevor ich Kaffee kochen konnte, kam dieser Satz aus ihrem Mund, der Tag begann mit einer Schußwunde – tatsächlich –, aber ich schluckte alles brav runter, ich sagte:

– Ja, klar, kein Problem. Ich wußte, daß Besitzansprüche jedes Gefühl töten konnten, aber ich wußte auch, daß mir diese eine Woche zu wenig war, ich hatte da ein Nachholbedürfnis. In zwei Wochen fing das neue Semester an, diese letzten Tage wollte ich ausnutzen, jede Sekunde wollte ich mit Esther verbringen, die drei oder vier Tage, die sie jetzt brauchte, rissen mir ein Loch in die Seele, doch ich lächelte, keine Bitte, kein Schmerzenslaut kam über meine Lippen, ich bekam ein Tschüß raus, ohne daß meine Stimme zitterte, ich blieb noch nicht einmal eine halbe Ewigkeit im Türrahmen stehen oder schaute ihr aus dem Fenster nach, nein, ich zog mir meine Joggingschuhe an. Nichtstun kann dich in so einer Situation in tausend kleine Stücke reißen, du glaubst, eine Herde Gazellen werde in deinem Bauch von einem Rudel Tiger gejagt, und du rennst den ganzen Tag sinnlos in der Wohnung auf und ab, da gehe ich lieber joggen.

Nach dem Joggen schnappte ich mir meine Hanteln und legte bei jeder Übung mindestens zwei Kilo mehr drauf als sonst, ich trainierte, bis meine Adern hervortraten und zu platzen drohten, ich trainierte, bis meine Hände anfingen zu zittern, und ich trainierte weiter, bis mich jegliche Kraft verließ und mir die Hanteln aus der Hand glitten und krachend zu Boden fielen, Schweiß tropfte mir in die Augen, und mein Magen verkrampfte sich, ich war am Ende. Hoffentlich würde mir das einen tiefen, festen Schlaf verschaffen.

Ich hatte noch nie zuvor so hart trainiert, ich paßte immer gut auf, die Sache nicht zu übertreiben, ich hatte diese Wahnvorstellung, eines Morgens aufzuwachen und im Spiegel einen Kleiderschrank mit Stiernacken zu entdecken, ein plumpes, muskulöses Quadrat. Nein, ich hielt es mehr mit den Leichtgewichten, diesen sehnigen, gelenkigen und schnellen Iggy Pops und Bruce Lees, nicht mit den Arnolds und Tysons dieser Welt. Aber nicht nur Iggy und Bruce bewunderte ich, sondern auch Jack London, Yukio Mishima, Arthur Cravan, Malcolm Lowry, die Meister der Worte mit einem Körper unter Hochspannung.

Mit zittrigen Händen stöpselte ich das Telefon wieder ein, doch die Haustürklingel stellte ich nicht an, das hatte Zeit bis zum nächsten Morgen. Ich ließ mir ein Himbeerschaumbad ein, und während das Wasser lief, aß ich einen halben Topf Vollkornreis vom Vortag und entkorkte eine Flasche Rotwein, es war Nachmittag, ich rechnete mir aus, daß ich noch etwa acht Stunden brauchte, um diesen Tag endgültig zu killen und mich erschöpft und gedankenlos ins Bett fallen zu lassen. Mit einer Zigarette im Mund und der Flasche in der Hand ließ ich mich hinabgleiten ins Wasser, es duftete himmlisch, ich würde nicht rauskommen, bevor die Flasche leer und meine Haut ganz schrumpelig war, es gab nichts zu tun.

Als ich etwa dreiviertel der Flasche getrunken hatte, klingelte das Telefon, die Chance, daß es Esther war, war gleich Null, aber ich stieg aus dem Wasser, und noch vor dem vierten Klingeln hatte ich ein paar Pfützen hinterlassen und den Hörer in der Hand.
– Hallo?
– Hallo Alex, alles klar?
– Bestens, und bei dir?

– Auch gut. Wie war das, wir wollten noch zusammen wegfahren, jetzt wo Henry auch da ist, können wir ja zu dritt 'ne Woche nach Venedig. Kommste vorbei, und wir nehmen die Straße nach Süden?

Wie hätte ich ja sagen können, wie hätte ich auch nur das geringste Risiko eingehen können, Esther zu verlieren oder zumindest nicht zu sehen, wie hätte ich gegen alle Verliebtheit reagieren sollen? Aber wie sollte ich jetzt nein sagen, konnte ich meine Freunde so vernachlässigen, konnte ich danach überhaupt noch einen Spiegel im Haus haben?

– Hör mal Kai, versteh mich nicht falsch, aber die Sache mit Esther liegt mir sehr am Herzen, das hat Henry dir bestimmt schon erzählt. Im Augenblick würde ich es vorziehen hierzubleiben ...

Wir telefonierten noch etwas länger, doch dem Dichter fehlten die Worte, um so etwas viertelwegs befriedigend zu verdeutlichen, der Dichter schien für Kai nur noch ein Schatten seiner selbst zu sein, dabei fühlte ich mich im Grunde genommen besser als je zuvor. Ich wollte da sein für Esther, jede Sekunde, die sie wollte, ich war weit davon entfernt, mich aufzugeben. Ich gab mich nicht auf, ich verschenkte mich, aber es ist sehr schwer, diesen haarkleinen Unterschied zu erkennen, und es ist noch schwerer, ihn zu erklären, ich bin mir sicher, daß ich mir da nichts vorgemacht habe. Kai sagte, daß das Ausmaß der Verliebtheit immer nur Aussagen darüber machen würde, wie einsam man sich vorher gefühlt hätte, daß ich meine Wünsche und Ängste vor mir selber versteckte, wenn ich mich so sehr auf eine Frau konzentrierte, daß das eigentlich nur eine Flucht war. Aber was sollte ich auch sonst von jemanden erwarten, der nicht an die Liebe glaubte? Seine Worte spukten noch nicht einmal in meinem Kopf umher, ich war viel zu nah an der Glückseligkeit.

Das Wasser war mittlerweile kalt, und den Rest der Flasche hatte ich beim Telefonieren leergemacht, meine Haut war nicht mehr schrumpelig, ich war vollkommen trocken, ich zog den Stöpsel aus der Wanne, ich duschte mich auch nicht mehr ab, das Leben ist voller unvorhersehbarer Ereignisse, und man kann nicht alles schaffen, was man sich vorgenommen hat. Ich hockte mich vor den Fernseher, es gab natürlich nichts Interessantes, doch das hatte ich auch nicht erwartet, ich wollte mich berieseln lassen, bis ich müde wurde, ich hatte nicht die geringste Lust, diesem Tag noch etwas abzugewinnen, ich wollte schlafen, einen tiefen, ruhigen, erholsamen Schlaf, morgen würde sich schon etwas finden.

Nach einer Sendung über Lungenkrebs, einer Talkshow, zweimal Nachrichten, einer amerikanischen Serie und ein paar Whisky war ich endlich soweit, meine Augen röteten sich und brannten vor Verlangen nach Schlaf, ich rappelte mich hoch und schleppte mich in mein weiches Bett, eine Stunde hatte ich verbissen gegen den Schlaf gekämpft, das Vergnügen hinausgezögert. Die Wonne, mich bäuchlings aufs Bett fallen zu lassen, war unbeschreiblich, ich machte die Augen zu, umarmte mein Kopfkissen und trichterte mir noch einmal ein: – Man muß nur Mut haben, bevor ich mich gleiten ließ in einen Schlaf, der so fest war, daß man meinen Kopf hätte als Amboß benutzen können, und ich wäre nicht aufgewacht.

Dachte ich. Das Telefon riß mich aus dem Schlaf, ich hatte nicht das kleinste bißchen Lust, meinen Arm auszustrecken und dranzugehen, nach dem fünften Läuten hätte ich schwören können, mein Hirn sei pulverisiert worden, nach dem siebten machte ich die Augen auf, und die Sterblichkeit drang in mich ein, verdammt, das Zimmer steckte in einem Halbdunkel, die Vorhänge waren nicht zugezogen, die Sonne ging gerade erst auf, mir war, als sei

ich nur für zwei Minuten eingenickt, das versprach ja wieder ein toller Tag zu werden!
– MORGEN!
– Hallo, mein Schatz, ich wollte dich unbedingt sehen, ich habe Sturm geklingelt, aber es hat niemand aufgemacht, ich dachte, du bist bestimmt zu Hause ...

Ging das nicht zu weit, war ich etwa ihr Hampelmann, hatte ich mir diesen Schlaf nicht redlich verdient?
– WEISST DU, WIEVIEL UHR WIR HABEN?
– Ja ... tut mir leid ... ich wollte dich doch so gerne sehen ... Ich bin in der Telefonzelle um die Ecke, machst du mir bitte auf?

Esther hatte das schwarze Kleid an, das sie im Café getragen hatte, sie fiel mir noch im Türrahmen um den Hals, und küssend stolperten wir rückwärts in die Wohnung, sie trat die Tür hinter sich zu, ging etwas in die Knie und küßte meine Brust, ich hatte nur meine Shorts an, ich hatte es nicht für nötig befunden, mir ein T-Shirt überzuziehen, und ich beglückwünschte mich zu dieser Entscheidung.

Ich schob von hinten eine Hand unter ihr Kleid und hatte sofort ihren nackten Hintern zwischen meinen Fingern, mein Schwanz begann auf der Stelle anzuschwellen, und ich zog ihr das Kleid bis zum Bauchnabel hoch und streichelte mit beiden Händen diesen wunderschönen, weichen Po, während Esther sich wieder aufrichtete und mein Gesicht mit Küssen bombardierte.

Ihre Hände faßten den Gummibund meiner Shorts, und Sekunden später kringelte sich das Ding zu meinen Füßen, ich zog ihr das Kleid über den Kopf und drückte sie gegen die Wand, meine Hände streichelten jetzt ihre Brüste, und sie begann, leise zu stöhnen. Mein Penis rieb sich an ihren Schamhaaren, sie schob mich ein winziges Stück von sich weg, um ihn in die Hand nehmen zu können, mit sehr viel Gefühl umfaßte sie die Vorhaut mit Daumen und Zeigefinger und bewegte sie ganz langsam auf und ab.

Irgendwann entzog ich mich ihrer wundervollen Massage, ging in die Knie, die Hände immer noch auf ihrem Busen, und küßte ihren Nabel und ihre Schenkel. Ich wühlte meine Nase in ihre Haare, um diesen wahnsinnigen Geruch aufzunehmen, war das nicht mehr als nur eine Entschädigung, war das nicht der Weg zur totalen Ekstase?

Nach einer Weile spreizte sie die Beine ein wenig, ohne Vorwarnung küßte ich ihre geschwollenen, nassen Schamlippen, so daß sie zusammenzuckte und laut aufstöhnte, ihre fleischigen Lippen fühlten sich heiß und feucht an zwischen meinen, und ich ließ mir Zeit, bevor ich das erste Mal ganz leicht, nur mit meiner Zungenspitze ihren Kitzler berührte, sie erzitterte und sagte: – Mach bitte weiter, ihre Stimme klang heiser, und die Erregung, die in ihr lag, ging nicht spurlos an mir vorüber, ich hielt es kaum noch aus, ich nahm meinen Penis in die Hand und rieb ihn, nur ganz leicht, damit ich nicht zu früh kam.

Meinen Kopf so nah an ihrer Vagina zu haben, versetzte mich immer in äußerste Verzückung, ganz nah dran an dem Quell allen Lebens, ganz nah an diesem Duft, von dem ich ganz besoffen wurde, ganz nah an diesem Geschmack, den ich bis in alle Ewigkeiten hätte kosten können, ich steckte mit meinem Kopf vor der geheimnisvollen, rosigen, lustspendenden Pforte, ich war der Weiblichkeit am nächsten, ich hätte sie am liebsten verschlungen, diese ewige Lockung. Ich hatte schon als kleines Kind ganze Nachmittage damit verbracht, Frauen zu betrachten, sie waren mir ein völliges Rätsel, selbst nackt und naß behielten sie ihre Faszination und ihr Geheimnis.

Esther faßte mich sanft an den Ohren und hob mich

hoch, sie schaute auf meinen Penis und flüsterte: – Der ist aber schön groß, dann nahm sie ihn in die Hand und ging rückwärts ins Zimmer, wobei sie mich sanft hinter sich herzog und mir sehr vielversprechend in die Augen blickte, ich konnte kaum den Moment erwarten, in dem ich in sie eindringen würde, und um mich komplett zum Wahnsinn zu treiben, ging sie ganz langsam und masturbierte sich dabei mit ihrer freien Hand.

Sie legte sich aufs Bett und machte die Beine breit, meine Augen klebten an ihrer rosigen Möse, ich war nackt, ich hatte einen Ständer, glühend und hart. Ich war stolz darauf, ein Gefühl von Macht durchströmte mich, ein nackter Mann mit einem Ständer ist ein erhabenes und monströses Wesen, er wird von einer unglaublichen Kraft durchflutet, meine Muskeln spannten sich, ich hatte das Gefühl, daß es lange dauern würde, ich würde es zurückhalten können, so lange wir wollten. Die Kraft, die von meinem Penis ausging, breitete sich in meinem ganzen Körper aus, meine Adern traten hervor, mein Atem ging schneller, ich stöhnte auf, nie hatte ich mich besser gefühlt.

Ich legte mich auf sie und drang ganz langsam in sie ein, für mich ist es mit das Schönste, Millimeter für Millimeter in ihre feuchte Vagina einzudringen, doch sie hielt es nicht mehr länger aus, sie nahm meinen Po, und mit einem Ruck zog sie mich in sich rein.

Wir bumsten so lange, bis wir vor Verlangen und Lust schrien, zum ersten Mal bekam Esther einen Orgasmus, während wir miteinander schliefen, ihr Stöhnen brachte die Wände zum Wackeln, und die Zuckungen gaben mir den Rest, als es mir kam, atmete ich tief ein, um das Vergnügen noch zu verlängern, und der Samen spritzte unaufhörlich in sie hinein, es schien nicht enden zu wollen, ich hatte die Augen weit offen, doch ich sah nichts mehr, mein Innerstes kam hervorgeschossen, die ganze Energie sprühte aus meinem Penis heraus. ICH EXPLODIERTE MIT EINEM SCHREI.

13

Der Sommer ging zu Ende, es war, als ob man kein Geld mehr in der Tasche hätte und versuchte, sich noch so lange wie möglich an dem letzten Bier festzuhalten. Je länger man an der Bar saß, desto eher würde sich jemand finden, der einem noch eins ausgab. Mit dieser Hoffnung hielten wir uns an den letzten sonnigen Tagen fest. Esther ging zur Uni und ich auch, zumindest ab und zu, ich schaffte es nicht, mich dort wohlzufühlen oder sogar Energie reinzustecken in dieses intellektuelle Halbwissen, es wimmelte nur so von Fachidioten, die ihr Leben so wichtigen Sachen wie der Verbzweitstellung oder der Goetheforschung zur Verfügung gestellt und ihren Körper seit mindestens drei Jahrzehnten total vernachlässigt hatten. Außerdem war mir das Geld ausgegangen, und ich fing wieder an zu arbeiten.

Ich hatte einen großen Widerwillen gegen Arbeit, acht Stunden am Tag, fünf Tage die Woche, tagaus, tagein derselbe Scheiß, das jagte mir Schauer über den Rücken, ich war zweiundzwanzig Jahre alt, ich hatte keinerlei Qualifikation, ich hatte keine Lust, ernsthaft zu studieren. Die Notwendigkeit, meinen festen Platz unter der arbeitenden Bevölkerung einzunehmen, wurde immer dringender, aber ich hatte bislang nichts entdeckt, das ich gerne gemacht hätte, außer der Arbeit mit Worten, aber als Dichter war ich wohl gescheitert, vielleicht war ich ja auch wirklich mies. Ich vermied es meistens, darüber nachzudenken. Kellner, Bürohilfe, Botendienste, Putzhilfe, ich hatte im Laufe der Jahre viele Hilfsarbeiten ausprobiert, ich arbeitete immer, bis ich einen Berg Geld zusammen hatte. Dann ließ ich mich treiben, ich lebte eigentlich sehr bescheiden, ich hatte eine Anlage und ein Auto, ich brauchte nicht viel zum Leben. Ich war nicht wirklich sparsam, ich versuchte nur, gut mit der Kohle umzugehen. Ich habe lieber mehr Zeit als mehr Geld, und ich war immer froh um diese Halbwaisenrente, die ich meiner Mutter verdankte.

Eine Sache hatte ich gefunden, die mir zwar auch nicht sonderlich behagte, aber mit Abstand das kleinste Übel war – ich verdingte mich als Stagehand, das sind die Jungs, die vor den Konzerten die Sachen aus dem Truck laden und auf der Bühne aufbauen. Musik hatte ich schon immer gern gehört, und Konzerte mochte ich auch, es war eine Arbeit, bei der außer Geld auch sonst ein bißchen was Positives für mich übrigblieb, Nick Cave in Schlabberjeans und weißem T-Shirt, wie er beim Soundcheck auf einem Butterbrot kauend Dirty Old Town singt, dieses Erlebnis gehört zu den feinen Dingen in meiner Erinnerung. Aber es war ein KNOCHENJOB, vierzehn bis achtzehn Stunden Plackerei am Stück. Das soll nicht so klingen, als hätte ich etwas gegen körperliche Arbeit, im Gegenteil, sie ist mir sogar ganz lieb, die Zeit vergeht schnell, man hat nur eine geringe Verantwortung, und man ist nicht eingeschlossen in so einem Büro, doch es gab Tage, die überstiegen meine Kräfte, es gab Tage, die machten mich so fertig, daß ich mich nach zwölf Stunden Schlaf wie gerädert fühlte und mit einer Nackenmuskulatur hart wie Stein aus dem Bett kroch.

Eines Tages klappte ich beim Beladen des Trucks zusammen, ich fiel der Länge nach hin und schlug mir das

Kinn auf, doch Aufgeben gilt nicht, ich rappelte mich hoch, wischte das Blut weg, und nach zwei Cola arbeitete ich weiter. Aber ein Unglück kommt selten allein, oder so. In jener Nacht hielten mich die Bullen an, Routinekontrolle, mir fielen die Augen bereits zu, 20 Meter vor meiner Haustür, ich war zu Fuß unterwegs, Esther hatte sich mein Auto geliehen, und das lustige Trio erzählte mir erst lang und breit, daß dies ein Brennpunkt der Kriminalität sei und solche Routinekontrollen auch mir zugute kämen, dabei war ich bestimmt die verdächtigste Person im Umkreis von 50 Kilometern, mit schwarzer Lederjacke, schwarzen Jeans, langen Haaren, die mir in wirren Strähnen vom Kopf hingen, schleppte ich mich mühsam über die Straße.

Ich mußte meinen Rucksack und meine Taschen leeren. Sie waren wirklich gründlich, sie schraubten sogar meinen Labello auf und sahen hinein. Hätte ja sein können, daß ich ein berüchtigter Autoradiodieb war, hätte ja sein können, doch ich hielt meinen Mund. Man muß der Gefahr ins Auge sehen können, das ist wahr, aber nirgendwo steht geschrieben, daß man sie herausfordern muß, ich antwortete nur, wenn ich gefragt wurde, abgesehen von den Klamotten und den Haaren war ich wirklich vorbildlich, das muß ich zugeben, ich steckte mir noch nicht einmal eine Zigarette an oder lehnte mich lässig an die Hauswand, ich wollte schleunigst in mein Bett.

Als sie nach zwei Ewigkeiten die elende Sucherei aufgaben und meine Personalien fast bis auf die Schwanzlänge überprüft hatten, fühlten sich meine Augen an wie glühende Kohlen, und eine Träne lief meine rechte Wange hinunter. Das hatten sie fein hingekriegt.

– Okay, Herr Blau, Sie können jetzt gehen. Tut uns leid, Sie so lange aufgehalten zu haben, aber Sie wissen ja, es ist nur zu Ihrem Besten. Solche regelmäßigen Kontrollen erhöhen die Sicherheit in diesem Viertel ungemein. Wir sorgen dafür, daß Sie ruhig schlafen können.

Bei dem Wort schlafen hätte ich am liebsten losgeflennt, doch ich gab nur ein verkrampftes Grinsen von mir, noch 26 Schritte bis zur Haustür, noch 25, 24 ...

– Ach so. Augenblick noch, Herr Blau ...

Ich drehte mich schweren Herzens um, und das, was dann kam, habe ich nicht geträumt, die Worte kamen tatsächlich aus seinem Mund und drangen in mein Ohr.

– Hatten Sie schon mal etwas mit Drogen zu tun, hier oder im Ausland?

Ich hätte ihn erwürgen können, oder ich hätte sagen können:

– Ja, klar. Ich brauche morgens immer zwei Eßlöffel Speed, um ÜBERHAUPT aus dem Bett zu kommen, und zum Frühstück nehme ich eine Unze Kokain.

Es gab da viele Möglichkeiten, am allerliebsten wäre ich auf die Knie gefallen und hätte ihn angefleht, mich in sein Auto zu setzen und mich bitte, bitte die letzten Meter zu fahren. Bitte Herr Wachtmeister, ich bin am Ende meiner Kräfte. Als ich meinen Mund aufmachte, kam nur ein heiseres Nein raus, und die Sache war gefressen.

Meine Schuhe und meine Jacke habe ich noch ausgezogen, zu mehr war ich nicht mehr fähig, mit dreckigen Sachen und ölverschmierten Fingern ließ ich mich ins Bett fallen, am nächsten Morgen war das Kopfkissen blutverkrustet, und ich merkte, daß die Wunde ziemlich tief war, bis auf den Knochen, ich habe heute noch eine Narbe davon.

Manchmal fuhr ich nach der Arbeit zu Esther, und sie massierte mich, alles in allem hatte sie, glaube ich, keinen Grund, sich zu beschweren, ich arbeitete selten mehr als drei Tage die Woche, ich führte Esther zum Essen aus, wir gingen ins Kino, oder ich las ihr etwas vor, wir führten eine wirklich gute Beziehung, so etwas war mir noch nie passiert, wochen- und monatelang ging ich abends ins Bett, ohne mich irgendwie unzufrieden zu fühlen, kein einziger Zipfel meiner Seele schrie nach mehr, was ich schon immer geahnt hatte, bestätigte sich jetzt, ich war in gewisser Weise sehr bescheiden, ich hatte nie zuviel oder gar Unmögliches erwartet, ich hatte nur ein bißchen Liebe nötig, ich fühlte mich erst richtig wohl mit der richtigen Frau an meiner Seite.

Doch Esther war nicht ganz glücklich, ich war ihr nicht kontaktfreudig genug, sie wollte öfter ausgehen, in Discos und Kneipen und so, sie wollte unter Leute, und mir, mir graute davor, allzuoft unter Leute zu gehen, die meisten nervten mich sowieso, und wenn sie dann mal alleine ging, saß ich lieber zu Hause und hoffte, daß das nicht zur Regel werden würde.

Außerdem war Esther skeptisch, ob ich jemals mit Worten Erfolg haben würde, nicht, daß sie die Sachen nicht gut fand, sie war nur sehr skeptisch, was die geschäftliche Seite anbetraf. Überhaupt, während sie 600 Mark im Monat von ihren Eltern kassierte, studierte und jobbte, war ich für ihre Begriffe ein bißchen lahmarschig, ich studierte nicht richtig, ich jobbte nicht richtig, ich konnte stundenlang in der Wohnung rumlungern, ohne einen Handschlag zu tun oder sogar den Fernseher einzuschalten, mir war auch egal, was andere von mir dachten.

Ich hatte mich ja auch noch nicht entschieden, was ich von ihnen dachte. Sie waren mir herzlich egal. Ich hatte zu viele schlechte Erfahrungen gemacht, ich fühlte mich nicht fit genug für mehr davon. Insgeheim hätte ich gerne einer Gruppe angehört, aber wenn ich das Angebot sah, wurde mir schlecht oder langweilig, was auf dasselbe hinausläuft. Mit Esthers Freundinnen von der Uni konnte ich am allerwenigsten anfangen.

Das waren Kleinigkeiten, die im Gegensatz zum Rest zu zwei kleinen Bleistiftpunkten auf einem Bogen Papier verblaßten, ich hatte endlich etwas mit einer Frau, das über das Beschreibbare hinausging, etwas, das mir eine rosarote Brille aufsetzte, die Wolken verscheuchte, die Sonne scheinen und mich Träume verstehen ließ. Und der Sex, den wir hatten, war eine riesige Silberkrone mit Onyxsteinen, die wir dem Ganzen aufsetzten. Wenn ich morgens aus der Haustür trat und zur Arbeit mußte, nachdem wir miteinander geschlafen hatten, lächelte ich mindestens bis mittags und grüßte unterwegs wildfremde Menschen, manchmal befürchtete ich, meine Gesichtsmuskeln würden einen Krampf kriegen, der Bäcker wunderte sich, wie ich es neuerdings fertigbrachte, ihm mindestens dreimal die Woche einen wunderschönen guten Morgen zu wünschen. Wenn ich an einem solchen Tag pinkelte und dabei meinen Penis zwischen meinen Fingern hielt, sah ich auf ihn herab und mußte laut loslachen bei dem Gedanken, daß er vor ein paar Stunden noch in Esther gesteckt hatte, ich fühlte mich schön, jung & unbesiegbar.

14

Es lief alles wunderbar. Bis zu diesem Samstag im November gab es nichts, das mein Lächeln hätte trüben können, nichts, was meine Lebensfreude länger als eine Viertelstunde beeinträchtigt hätte. Es gab sogar Tage, die mich in ihrer Schönheit vergessen ließen, daß ich Dichter werden wollte, daß zu viele Gedichte ungeschrieben blieben, die Tage reihten sich sorglos aneinander, es war die lange Gerade hoch oben auf der Achterbahn, und der Samstag traf mich völlig unvorbereitet. Esther verschwand, und keine ihrer Freundinnen konnte oder wollte mir sagen, wo sie war. Samstag, Sonntag, Montag, keine Nachricht von Esther, ich rief jeden Tag zwanzig Mal bei ihr an, und niemand hob ab, die Tage vergingen, und ich machte mir Sorgen um sie, ich war unfähig, an etwas anderes zu denken.

Ich merkte, daß es über meine Kräfte gehen würde, sollte sie mich verlassen, ich hoffte inständig, daß dieses Gefühl der Verliebtheit nachließ, ich wollte mit Esther zusammenbleiben, aber ich wollte sie nicht mehr zu sehr lieben, ich wollte, daß ich sie nur ein wenig liebte, nur so, daß ich ein Ende nicht mit Gleichmut, aber doch mit Fassung nehmen konnte, ich wünschte mir, mindestens noch so lange mit ihr zusammenzusein, bis die Verliebtheit nachließ, ich wollte nicht, daß sie vorher von mir ging. Sie hatte mir noch nicht genug gegeben, ich wollte mehr Zärtlichkeiten, als bisher gekommen waren. Manchmal hatte ich sogar das Gefühl gehabt, um mehr Zuwendung betteln zu müssen, oder zumindest viel zu viel dafür geben zu müssen, ehe etwas zurückkam. Esther war mit Liebesbezeugungen eher sparsam, aber das würde sich sicher noch ändern, zumal ich mit allen Mitteln versuchte, ihr die richtigen Worte und Gesten zu entlocken. Sie behandelte mich liebevoll, das stand außer Frage, aber sie behandelte jeden sehr liebevoll, das schien in ihrem Wesen zu liegen oder daran, daß sie vom Dorf kam, aber ich war schließlich ihr Freund, da konnte ich doch mehr erwarten.

Die Abende wurden unerträglich, Esther war offensichtlich nicht in der Stadt, und ihr war nichts zugestoßen, soviel hatte ich rausbekommen, aber wo zur Hölle steckte sie? Sie konnte doch nicht einfach gehen, ohne ein Sterbenswörtchen zu sagen, oder? Sie mußte irgendeinen verdammten Grund gehabt haben, man verschwand doch nicht aus Jux und Dollerei!

Am Samstag abend geriet ich dann auf eine Fete, und ein paar Leute fragten mich nach Esther, für jedes Achselzucken genehmigte ich mir ein Bier und einen Tequila. Das war jetzt schon der achte Tag. Auch wenn die Musik ganz annehmbar war, ich hatte mich schon besser gefühlt, nichts half, die Leute waren ganz nett, und Nina war auch da. Nina war seit Jahren in mich verliebt, sie strahlte, als sie merkte, daß ich ohne Esther gekommen war, womöglich witterte sie eine Chance, doch mir war seit langer Zeit mal wieder eher zum Trinken zumute. Gegen elf hatte ich zuviel mit den Achseln gezuckt, ich hatte bereits mächtig Schlagseite, ich wollte bereits nach Hause, der Abend schien restlos verloren, als Esther kam.

Wir standen im Eingang, ich blickte sie an, sagte nur Hallo, sie sagte auch nur Hallo und fragte mich, ob ich ginge. Nö, sagte ich, nur ein bißchen frische Luft schnappen. Ach so, sagte sie und drückte sich an mir vorbei. Ich wurde sauer, sie war mir eine Erklärung schuldig, mindestens das, jeder andere an meiner Stelle hätte das gleiche verlangt.

Draußen war es kalt, und es gab keinen Tequila, ich hielt es fast eine halbe Stunde aus, und als ich wieder reinging, fühlte ich mich viel zu nüchtern, die frische Luft hatte mir gutgetan, doch ich wollte lieber besoffen sein und machte mich sofort auf den Weg zur Bar. Der Abend tat alles, um mich aus dem Gleichgewicht zu bringen, die geistigen Getränke waren ausgegangen, ich mußte also mit Bier vorliebnehmen, das bedeutete harte Arbeit, so gerne mochte ich Bier nicht, jedenfalls nicht zum Betrinken, es graute mir davor, Unmengen von Flüssigkeit in mich reinzukippen, aber es blieb mir nichts anderes übrig, man muß halt schon mal bittere Pillen schlucken. Der Frau würde ich es zeigen, mich einfach wie einen drittklassigen Idioten zu behandeln.

Nina stand an der Bar und schüttete Bier, während Esther am Rande der Tanzfläche brav ihren Small talk absolvierte und mich noch nicht einmal mit dem Arsch ansah. Nina trug einen Mini, obwohl es draußen kalt war, und zum ersten Mal betrachtete ich ihre Beine, sie sahen wirklich gut aus, aber sie war einfach nicht mein Typ, blond mit viel Schminke im Gesicht, andere Männer leckten sich die Finger nach ihr, aber aus unerfindlichen Gründen interessierte sie sich nur für mich. Hinzu kam, daß Esther heute eine Schlabberjeans trug, die die Form ihres Hinterns noch nicht mal erahnen ließ, sie konnte sehr viel besser aussehen, wenn sie wollte. Wahrscheinlich war mein Blatt doch nicht so schlecht, vielleicht mußte ich es nur zu spielen wissen.

Nach ein paar Bier ging ich lächelnd auf Nina zu, faßte sie an der Hand und zog sie zur Tanzfläche, es lief gerade etwas Langsames, irgendein Kitsch, Wicked Game oder so, und ich tanzte eng umschlungen mit Nina, bis das Stück zu Ende war. Ich weiß nicht, ob Esther uns sah oder nicht, aber ich fühlte mich besser, ich bewies genug Mut, dem Teufel auf den Schwanz zu treten, so schnell war ich nicht kleinzukriegen, da mußte sie schon früher aufwachen, ab 1,8 Promille steckte ich die Welt mühelos in die Tasche, ab 1,8 Promille tanzte ich mit jeder blonden Tusse, die mir über den Weg lief und gut aussah, heute abend konnte mir keiner mehr was, die Schmerzen kommen erst nach dem Rausch, und die Zukunft ist immer ungewiß.

Ich hatte wirklich Glück, was die Musik anbelangte, ich verließ die Tanzfläche gar nicht mehr. Nicht alle Stücke waren gut, im Grunde genommen war der DJ sogar 'ne

Flasche, aber wenn ich schon mal dabei war, machte mir das nichts mehr, ich tanzte sogar zu Genesis und Dire Straits. Ich freute mich über meine Stärke, und ich blieb in Bewegung, um nicht ins Grübeln zu geraten, wahrscheinlich war ich gerade dabei, ein Eigentor zu schießen, ich ließ ihr ja auch gar keine Chance, sich zu erklären, hoffentlich kam bald was zum Headbangen, damit ich diese Gedanken aus dem Kopf schütteln konnte, außerdem war ich nicht der einzige, der sich amüsierte. Esther lachte, gestikulierte mit einem Glas in der Hand, und drei oder vier Volltrottel fühlten sich durch ihre Art ermutigt, ihr den Arm um die Schulter zu legen, und einer tätschelte sogar ihren Arsch.

Ich war froh, als Pogues liefen und die Jüngeren anfingen, Pogo zu tanzen, vielleicht hatte der DJ doch was drauf, mit sechzehn, siebzehn hatte ich auch gerne gepogt, bei Konzerten hatte ich mich immer unter den wildesten Pulk ganz vorne gemischt, das war halb so gefährlich, wie es aussah, mit dem Geltungsdrang und der Energie der jungen Jahre hatte ich mich in dem heillosen Durcheinander von Armen, Ellbogen, Beinen und manchmal auch nassen, nackten Oberkörpern oder sogar Fäusten wohl gefühlt. Wie ein richtiger Mann, der nicht kneift, sondern auch noch Spaß an der Sache hat. Dieses Aufeinanderstoßen von Körpern ohne böse Absichten, dieses hemmungslose Austoben der Aggressionen gehörte für mich damals zu den Sternstunden meines Lebens, aber irgendwann hatte ich den Spaß daran verloren, bis zu diesem Abend, genau eine Woche, nachdem Esther verschwunden war, hatte ich seit bestimmt zwei Jahren kein Pogo mehr getanzt. Als der Kerl ihr den Arsch tätschelte, sie dabei grinste und unmittelbar hinterher Pogues liefen, The sick bed of Chuchulainn, und die Jungens dazu tanzten, war die Sache klar, ein paar von ihnen würden vielleicht blaue Flecken davontragen wegen etwas, mit dem sie nichts zu tun hatten. Gerechtigkeit ist eine Sache, der innere Frieden eine andere, ich war nicht brutal, ich war nur etwas härter als gewöhnlich, ich war nicht auf Streit aus, ich wollte nur ein paar Leute rumschubsen, man muß auch mal ein Schwein sein können, dachte ich mir, während ein Bengel mit der Schulter gegen die Wand krachte.

Ich saß auf einer Bank, schweißüberströmt, mit einer Kippe im Mund, ich hatte keine Lust mehr zu tanzen, fast zwei Stunden am Stück, das ist kein Klacks, auch nicht für jemanden, der durchtrainiert ist. Ich hatte auch keinen Bock auf Small talk, ich wollte auf dieser Bank sitzen, meine Ruhe haben und zusehen, wie die Fete langsam zu Ende ging und die Bekloppten sich einer nach dem anderen in die kühle Nacht stürzten. Heute würde ich bestimmt mal wieder einer der letzten sein, zumindest würde ich nicht vor Esther gehen, soviel stand mal fest.

Kaum hatte ich diesen Gedanken zu Ende gedacht, kam sie direkt auf mich zu, setzte sich völlig selbstverständlich auf meinen Schoß und fing wortlos an, mir den Nacken zu kraulen. Ich ließ die Arme links und rechts auf der Bank und achtete nur darauf, daß mir kein Rauch in die Augen kam, damit sie nicht tränten.

– Tut mir leid, Alex ...

Ich nahm einen Zug von meiner Chesterfield und flitschte die dann weg.

– Ich mußte mal ein paar Tage weg, ich bin zur Tine gefahren, runter an den Bodensee, ich wußte auf einmal nicht mehr, ob ich noch mit dir zusammensein wollte ... Das kam ganz plötzlich, ich bin jemand, der es gewohnt ist, viele Leute um sich zu haben. Ich brauchte ein bißchen Zeit. Eben in der Tür wußte ich es noch nicht, aber als ich dich die ganze Zeit tanzen gesehen habe, war es mir klar.

Verzeih mir bitte, ich kann nichts dafür, ich wußte es einfach nicht mehr, es tut mir leid, ich wollte dir nicht weh tun ...

Das war es also gewesen, ich war im Dunkeln über einen Abgrund balanciert, und jetzt ging die Sonne auf, ich freute mich über unsagbares Glück, ich liebte diese Frau, wie konnte ich da sauer sein?, nur mußte ich sie noch ein klitzekleines bißchen zappeln lassen, ich war kein Hampelmann, man konnte nicht ALLES mit mir machen. Nein, so billig kam sie mir nicht davon. Ich schob sie sanft von meinem Schoß, stand auf und ging ohne ein weiteres Wort zur Bar.

Zwei Minuten später stand Esther neben mir, sie nahm meine Hand und steckte mir ihren Silberring an.

– War Scheiße von mir, das auf die Tour zu bringen, ich wußte mir bloß nicht anders zu helfen. Ich hab mich da echt vertan ... Ich hab dich sehr lieb ...

Sie blickte mich fragend an, dieser Ring bedeutete ihr sehr viel, seit fünf Jahren trug sie ihn, ein Ding mit einem winzigen Totenkopf darauf, und die Male, die sie ihn abgenommen hatte, konnte man an einer Hand abzählen, das war kein Ring mehr, das war ein Stück von ihr. Ich drückte ihn ihr mit einem traurigen Lächeln in die Hand.

– Okay, aber erwarte nicht von mir, daß ich dir vor Freude um den Hals falle.

Ich nahm mein Bier entgegen und stellte mich wieder an den Rand der Tanzfläche, es war nicht mehr viel los, und Esther brauchte sich nicht durch irgendwelche Leute zu drängeln und nach mir Ausschau zu halten, völlig mühelos folgte sie mir und wich keinen Zoll von meiner Seite, bis ich vorschlug, sie nach Hause zu bringen.

Wir zogen unsere Jacken an, und ich ging noch mal pinkeln, die letzte Bahn war schon weg, ich hatte kein Geld für ein Taxi, das hieß, wir würden bei Temperaturen um fünf Grad zwanzig Minuten zu Fuß unterwegs sein, mein T-Shirt war noch naß, ich hoffte, keine Erkältung zu bekommen.

Draußen legte ich meinen Arm um ihre Schultern, während sie die Hände tief in den Taschen ihrer Jacke vergrub, schweigend gingen wir durch die Nacht, ich wünschte mir, sie möge etwas sagen oder wenigstens strahlen, weil jetzt alles in Butter war, aber nichts von alledem, sie schwieg und sah griesgrämig aus, und mir fiel kein Wort ein, das ich hätte sagen können. Da mir sehr kalt war, stellte ich mir Esther im Slip vor und lächelte still vor mich hin, bis wir vor ihrer Haustür anlangten.

– Magste noch 'ne halbe Stunde mit hochkommen?

Sie bot mir nicht an, bei ihr zu übernachten, sie fragte nur nach einer halben Stunde, ich war besoffen, es fuhr keine Bahn mehr, und bis zu mir waren es mindestens noch vierzig Minuten zu Fuß. Das durfte doch nicht wahr sein.

– Ne. Ich glaub nicht.

– Oh, komm doch mit hoch.

Sie umarmte mich und küßte mich flüchtig auf die Wange.

– Komm schon, draußen ist es kalt.

– Ne, danke. Weil es draußen kalt ist, für eine halbe Stunde ...

– Du mußt es wissen ...

Ich hoffte, sie würde noch mal hinter mir herlaufen, doch das tat sie nicht, vierzig Minuten durch die Kälte, ich spürte meine Füße gar nicht mehr. Alex Blau was alone, Alex Blau had no home.

Nein, ich war wirklich nicht sauer, nur dieser Versuch, mich dazubehalten, hatte halbherzig gewirkt, vielleicht wollte sie gar nicht mehr, vielleicht war es nur wegen Nina gewesen. Ich überlegte mir, ob es anders gekommen wäre, wenn wir öfter zusammen mit ihren Freunden ausgegangen wären, wenn ich weniger einen Hang dazu gehabt hätte, ganze Tage im Bett zu verbringen, wenn wir uns seltener gesehen hätten oder öfter, aber es war müßig, darüber nachzudenken, was gewesen wäre, WENN ... Esther schien nicht hundertprozentig zufrieden zu sein mit der Sache, irgend etwas schien sie zu stören, sie geriet ein wenig aus dem Gleichgewicht. Ich wäre am liebsten zurückgerannt zu ihr, doch das ist immer ein Fehler. Wenn sie mich wollte, würde sie kämpfen, ich mußte die Zähne zusammenbeißen, um sie auf die Probe zu stellen, ich mußte sie zusammenbeißen, daß der Kiefer krachte, und ich war mir gar nicht so sicher, ob ich es so genau wissen wollte, ich ging da ein unglaubliches Risiko ein, ich stieß sie von mir weg, um zu sehen, ob sie wiederkam, dabei hatte ich fast alles, was ich wollte, sie hatte mich hochgebeten, aber ich Idiot wollte es ganz genau wissen, ich Arschloch bildete mir ein, mich nicht mit halben Sachen abgeben zu können, und nicht nur, daß ich mir damit ins eigene Fleisch schnitt, nein, ich streute auch noch Salz in meine Wunden. Lag es am Ende gar an mir, hatte ich einen krankhaften Drang zu leiden, hatte ich das Ganze selbst heraufbeschworen? Fühlte ich mich insgeheim erst dann wohl, wenn alles schiefließ, kokettierte ich nicht mit dem Weltschmerz, um mir wichtiger vorzukommen? Mir wurde schlecht bei dem Gedanken, daß das doch das Ende sein könne und das nur, weil ich an ein paar blöden Grundsätzen festhielt. Was waren schon Grundsätze, wenn man verliebt war?

Aber wenn sie mich wirklich wollte, konnte das nicht das Ende sein. Ich dachte an den Ring. Ich wurde aus dieser Frau nicht schlau. Ich liebte sie.

Als ich zu Hause noch mal pinkeln ging, sah ich im Badezimmerspiegel, daß ich geweint haben mußte.

15

Punkt zwölf Uhr mittags klingelte es an der Tür, ich war seit anderthalb Stunden wach und hatte mich immer noch nicht entschieden, was ich zum Frühstück essen wollte, ich tigerte sinnlos in der Wohnung auf und ab, machte den Kühlschrank auf und zu, den Fernseher an und aus.

Es klingelte also, das konnte nur Esther sein, ein Scheißspiel war das, manchmal kam ich mir vor wie im Kindergarten, aber das war ja meine eigene Schuld.

Sie hatte einen riesigen Strauß Margeriten in der Hand, als sie ein wenig unsicher die Treppe hinaufstakte, ich wollte gar keine Blumen, ich wollte nur eine Geste oder ein Wort, das bezeugte, daß sie mich liebte, sie mußte gar nicht die ganze Welt auf den Kopf stellen, ich wollte nur wissen, daß sie voll und ganz hinter mir stand, mir graute vor einer Versöhnungszeremonie. Es ist wie bei einem Telespiel. Wenn man es bis zum zwölften Level schaffen kann und die ersten vier eigentlich mit links macht. Man kann am Anfang keinerlei Begeisterung oder Konzentration dafür aufbringen, aber es muß halt sein, wenn man weiterkommen will. Ich weiß auch nicht, warum Frauen einfache Sachen meistens so gottverdammt kompliziert machen müssen.

Ich nahm ihr die Blumen ab, legte sie weg, sie entschuldigte sich, wir küßten uns, ich hatte, was ich wollte, tralitralalatralahoppsassa.

Nachdem die Unsicherheit, die nach so einer Geschichte immer herrscht, verschwunden war, breiteten wir uns auf dem Fußboden aus und lasen Comics von Moers und Reiser und lachten uns tot, so viel gab es sonntags normalerweise nicht zu lachen. Ein lustiger Sonntag ist Gold wert, Sonntage verlaufen so ruhig, so gleichmäßig und eintönig, daß mir nach Kaffee und Kuchen direkt Selbstmord einfällt, selbst wenn ich wochenlang Ferien habe und mich nicht darum zu kümmern brauche, was für ein Tag gerade ist, so ein Sonntag fühlt sich anders an, Sonntage werden meistens tot geboren, kein Laden, der auf hat, kaum Menschen auf den Straßen, mir fallen Familienbesuche in meiner Kindheit ein, wo ich mich zu Tode langweilte, ich durfte mich noch nicht einmal mit einem Buch oder einem Spiel in die Ecke verkrümeln, das wäre unhöflich gewesen. Selbst ein Lahmarschsamstag ist immer noch rasanter und schnellebiger als so ein lustiger Sonntag. Sonntag heißt spazierengehen, Kuchen essen und abends ins Kino, damit man überhaupt was getan hat.

Henry hatte angerufen, und wir wollten zu dritt in Down by Law gehen, für mich war es das vierte Mal, aber das ist einer meiner absoluten Lieblingsfilme, ich habe mal eine Vorstellung mit einem Walkman auf Kassette aufgenommen, ich kann die Dialoge beten. So was passiert mir bei Filmen selten, doch Down by Law ist so ein Fall, der Film kommt ohne großartige Handlung mit drei großartigen Hauptdarstellern daher, erzählt ein bißchen was, völlig ungekünstelt in wunderschönen Schwarz-Weiß-Bildern, liefert ein paar der witzigsten Dialoge aller Zeiten und geht total unspektakulär zu Ende.

Nicht nur, daß es eine traurige und schöne Welt ist und man viel Wert auf seine Schuhe legen sollte, man sollte auch beobachten, wie das Licht sich ändert und Walt Whitman kennen. Was kann man mehr von einem Film verlangen?

Noch bevor ich meine Zigarette anstecken konnte, als wir ins Freie traten, machte Henry den Mund auf.

– Woll'n wir noch was trinken gehen?

– Au ja, sagte Esther, doch ich, ich wollte nicht. Ich wollte so schnell wie möglich mit Esther nach Hause, nachmittags hatte sie keine Lust gehabt, ich fühlte mich wie ein Stier, mindestens, ich war geil und wollte bumsen, alles andere zählte nicht, aber ich ließ mir nichts anmerken, Henry wirkte völlig aufgedreht und erzählte uns von seinem Job als Aushilfe in einer Versicherung, ich konnte mir nicht vorstellen, daß er länger als eine Viertelstunde auf einem Stuhl hocken konnte. Esther hörte ihm aufmerksam zu, und ich ärgerte mich. Wenn es zu spät wurde, hatte sie garantiert keine Lust mehr, außerdem war ich mit dem Auto, ich konnte mich noch nicht mal betrinken.

Der einzige Lichtblick war, daß wir in die Hölle gingen, an DIE KNEIPE hatte ich nur gute Erinnerungen, es gab zwar kein Budweiser vom Faß, aber die Toiletten und sogar die Wand gegenüber der Theke waren voll mit Sprüchen von meiner Hand, einige der höchsten Deckel hatte ich in diesem Laden gemacht, einige der witzigsten Nächte meines Lebens hatte ich hier verbracht, wir waren gerngesehene Kunden, manchmal sangen wir lauter als alles, was die Boxen hergaben, und meistens etwas anderes als das, was gerade lief. Einmal hatten wir den Geburtstag einer Freundin mit einer eigens mitgebrachten Magnumflasche Sekt begossen, und die Bedienung hatte nichts gesagt, vielleicht hielten wir den Laden am Leben.

Während ich mich an mein Alt klammerte und mich den Erinnerungen hingab, tranken Esther und Henry Tequila und Bailey's durcheinander, was das Zeug hielt. Ich wollte fit sein für den Fall, daß sie es doch nicht zu bunt trieben und ich noch mit Esther im Bett landete, aber die Zeichen standen schlecht. Nach einer halben Stunde, schätzungsweise acht Tequila und fünf Bailey's für jeden, fing Henry an, Witze zu erzählen, ich klopfte mir nicht unbedingt auf die Schenkel, doch ich lachte mit, drei, vier, mit etwas Glück fünf große Biere konnte ich trinken, rechnete ich mir aus. Ich hätte mir ohne weiteres sieben zugetraut, aber wenn man nachts durch die Stadt fährt und angehalten wird, lassen die Bullen die Entschuldigung Alkoholiker selten gelten, andererseits hatte ich dringend etwas Härteres als Bier nötig, mein Penis war tödlich beleidigt, am liebsten hätte ich ihn ertränkt.

Gerade als Henry sich durch seine kurzen blonden Haare fuhr und wieder eine Pointe loslassen wollte und Esther schon die Tränen aus den Augen kullerten, trat Nina ein. Sie sah fertig aus, sie hatte Schwierigkeiten, normal geradeaus zu gehen, und ihre Augen waren gerötet und glasig. Sie kam zu uns an den Tisch, und Henry brauchte keine fünf Minuten, um sie zum Lachen zu bringen. Ich schien der einzige zu sein, der sich über ihr Auftauchen wunderte, das war nicht ihre Kneipe, sie war ganz allein, sie war besoffen, sie sah deprimiert aus.

Gegen zwölf waren sie alle sturztrunken, eine schöne Bescherung, das mit dem Bumsen konnte ich mir endgültig abschminken, Esther lag am Boden und krümmte sich vor Lachen, eine ausgetretene Kippe hatte sich in ihren Haaren verfangen, Henry sang die ganze Zeit lauthals, und oft stimmte ich mit ein, ein wenig von dem Spaß färbte auch auf mich ab, bei Nina wechselten sich Lachen und Weinen ab, glaubte ich jedenfalls, das war nicht immer eindeutig zu unterscheiden, sie hielt auch die meiste Zeit den Mund, ich konnte mir nicht vorstellen, was mit ihr los war.

Henry konnte noch alleine gehen, die beiden Frauen schlangen ihre Arme um meinen Hals und zogen mich fast zu Boden, es war halb eins, Henry hatte in seinem Übermut den Deckel von 160 Mark ganz alleine bezahlt, das schien es ihm aber auch wert gewesen zu sein, er brüllte, was seine Stimme hergab.

– Laßt euch das eine Lehre sein! Es gibt nichts, was es

nicht gibt, und man kann alles schaffen, UND DAS IST DIE VOLLE WAHRHEIT IHR PISSGESICHTER ICH MENSTRUIER MIR KEINEN SCHEISS AUS DEM HIRN WIR KÖNNEN ALLES SCHAFFEN IHR HURENSÖHNE DA DRAUSSEN HABT IHR GEHÖRT?

Es war ein ganzes Stück bis zum Auto, auf den letzten Metern brach mir trotz des kalten Wetters der Schweiß aus, die Frauen ließen die Beine fast schleifen, kein Schritt war ihnen auch nur halbwegs geglückt, ich lehnte sie beide gegen den Wagen und schloß die Türen auf, Henry war mittlerweile heiser und sang Tom Trauberts Blues (4 Sheets To The Wind In Copenhagen). Ich hasse solche Heimfahrten, ich pferchte die Mädels hinten rein und hoffte, daß sie ihren Mageninhalt für sich behalten würden, Henry stieg auf der Beifahrerseite ganz alleine ein, es waren bei mir vier große geworden, ich pinkelte noch mal, und los ging's.

Als ich gerade in den Zweiten schalten wollte, kamen die ersten Tropfen vom Himmel, riesig groß, ich würde sagen etwa wie Radieschen, und fast gleichzeitig fing Nina an zu heulen, laut genug, um Henry, der gerade einen Witz auf spanisch erzählte, zu übertönen. Nicht nur, daß ich nicht zum Bumsen gekommen war, nein, ich hatte es mit drei volltrunkenen Blödköpfen zu tun, die die Schmerzgrenze schon lange überschritten hatten. Esther machte das Fenster auf, weil sie frische Luft brauchte. Die Radieschen klatschten seelenruhig ins Auto, und mir drehte sich der Magen um bei dem Gedanken, daß jemand den Wagen vollkotzen könnte, ich fuhr ganz sachte, ich forderte mein Schicksal nicht heraus.

Ich weiß nicht, ob mich ein Teufel geritten hat, oder ob es wirklich nur die günstigste Strecke war, Henry und Esther wohnten nicht weit auseinander, und Nina wohnte bei mir in der Nähe. Ich hätte Esther vielleicht mit zu mir nehmen können, aber wenn es auf der Welt eins gibt, das ich nicht tue, ist es, mich um Besoffene zu kümmern. Das mag hart klingen, aber umgekehrt kann man mich jederzeit kotzend und Blut spuckend in der Gosse liegenlassen, ich erwarte von niemandem auch nur ein nettes Wort, ich kann mich alleine besaufen, also werde ich auch alleine wieder nüchtern.

So setzte ich Henry zuerst ab, er erzählte mir zum Abschied noch einen Witz auf englisch, aber ich habe ihn nicht verstanden. Henry lachte aus vollem Halse, bevor er ausstieg und schwankend auf seine Haustür zuging.

Esther SCHLEPPTE ich hoch, nachdem sie noch nicht einmal die Tür alleine aufbekommen hatte, sie erzählte mir in einer Tour, wie schlecht ihr war. Oben ließ sie sich im Flur der Länge nach hinfallen, kaum daß ich sie durch die Wohnungstür bugsiert hatte, und wollte NUR FÜNF MINUTEN so liegenbleiben. Ich trug sie zu ihrem Bett, und nach einem längeren Kampf mit ihren schlaffen Gliedern hatte ich sie bis auf den Slip ausgezogen, ich bekam einen Ständer. Die Welt war ungerecht, und für zehn Sekunden überlegte ich sogar, ob ... Aber ich ließ es bleiben, da konnte man sich gleich 'ne Gummipuppe kaufen. Ich war den ganzen Abend so besessen von diesem Gedanken gewesen, daß ich ihr auch noch den Slip auszog und ihre Möse betrachtete. Ich war ganz versunken in diesen Anblick, und ich will nicht leugnen, daß ich meine Hand schon in meiner Hose hatte, doch da fiel mir siedendheiß ein, daß Nina noch im Auto saß und sich die Augen ausheulte. Sie war betrunken, und eindeutig war dies nicht einer ihrer glücklichsten Tage, sie konnte auf die Idee kommen, den Wagen gegen einen Baum zu setzen oder sich den Zigarettenanzünder ins Gesicht zu halten, besoffen und deprimiert ist meistens eine schlechte Mischung.

Ich deckte Esther zu, küßte sie auf die Wange und rannte runter, es regnete mittlerweile in Strömen, Nina saß auf dem Beifahrersitz, ihr Make-up war verschmiert, es sah zum Fürchten aus, aber sie hatte aufgehört zu flennen, wenigstens etwas. Ich machte das Fenster hinten zu, bevor es eine Überschwemmung gab, und setzte mich dann ans Steuer.

Ich kenne meinen Wagen in- und auswendig, ich habe schon mehr als 30000 km damit heruntergerissen, nichts Besonderes, ein 84er Fiesta, Viertürer in Dunkelblau, ich habe schon fahren gelernt, bevor ich in die Pubertät kam, es ist mir ein Rätsel, wie das passieren konnte, ich war vielleicht noch mit meinen Gedanken bei Esther, oder Nina hatte das eiskalt berechnet, sie wirkte sowieso wieder halbwegs nüchtern. Vielleicht hatte sie sich in die richtige Position gebracht, ich weiß es wirklich nicht, doch als ich den Gang einlegen wollte, hatte ich auf einmal Ninas Knie in meiner Hand, und als nächstes lag ihre Hand genau auf meinem immer noch halbwegs steifen Penis, der sich dummerweise sofort regte.

Ich schob ihre Hand sachte weg, umfaßte dann den Schaltknüppel ganz fest, biß mir auf die Zähne und fuhr los. Jede verdammte Ampel auf dem Weg war mindestens zehn Minuten lang rot, und still kämpfte ich mit Nina, es war kein Ende abzusehen, ich bekam kein Wort über meine Lippen, ich wollte sie nicht vor den Kopf stoßen, immer wieder wanderte ihre linke Hand meinen Oberschenkel rauf, und immer wieder griff ich mir behutsam ihr Handgelenk und plazierte ihren Arm in der gefahrenfreien Zone, verdammt, ich hatte eine Erektion, und Nina wußte das nur zu gut. Ich mußte diese Frau schleunigst nach Hause fahren, alle Ampeln auf der Welt waren rot, meine Freundin hatte garantiert einen Filmriß, der Himmel schüttete sich über uns aus, irgendwo in Jamaica lagen jetzt ein paar Menschen, die sich eine volle Dröhnung Gras & Zuckerrohrrum gegeben hatten, was war das bloß für ein Leben? Was für einen beschissenen Sonntag hatte ich wieder erwischt?

Ich bekam einen ungeheuren Ekel vor diesem Leben, ich hatte Lust, meine Finger tief in die Scheiße zu tunken und daran zu riechen, ich hatte Lust, alles zu zerstören, ich hatte ungeheure Lust, meinen Penis auszupacken und Nina ins Gesicht zu spritzen und dann mit 140 Sachen durch eine 30er Zone zu fahren. Mit geschlossenen Augen.

Als ich vor Ninas Haustür anhielt, fiel sie mir ohne Vorwarnung um den Hals, sie pflanzte ihre Lippen auf meine, sie schmeckten salzig, ihre Zunge schnellte hervor, und ich öffnete meinen Mund, als ob ich bereit wäre, mir einen Gewehrlauf reinschieben zu lassen. Ihre Alkoholausdünstungen drehten mir den Magen um, ziemlich unsanft machte ich mich los, stieg aus, lief ums Auto herum und öffnete ihr die Tür. Ich fühlte mich hilflos, ich fühlte mich dunklen Mächten ausgeliefert, ich war in Sekunden naß bis auf die Knochen, ich hatte die Situation nicht im Griff, das hätte jeder Idiot erkannt, und Nina war kein Idiot, sie war eine Tusse, die mich unter normalen Umständen nie gereizt hätte, sie stieg aus und blieb stehen, in ihrem Zustand hätte sie möglicherweise sogar einen Triebtäter verschreckt, doch ich war schlimmer als ein Triebtäter. Als sie mich fragte: – Kommste noch mit hoch? Ich möchte mit dir schlafen!, war ich bereit, alles zu zerstören, mein ganzes Leben mit einem Schlag in einen Misthaufen zu verwandeln, es war nicht mehr so sehr die sexuelle Verlockung, nein, vielmehr war es jetzt der Wunsch, mich möglichst tief ins Elend zu reiten, alles Leid dieser Welt auf meinen Schultern zu versammeln, mich in eine ausweglose Situation zu manövrieren, um dann traurig lächelnd sagen zu können: – Ein Scheißleben ist das. Ich hab's gewußt. Mir ging auf, daß Nina sich sehr beschissen fühlen mußte, sie schien den gleichen Wunsch zu verspüren, oder versprach sie sich am Ende etwas von dem Ganzen?

Kaum waren wir drinnen, hatte sie alle ihre Klamotten ausgezogen, und ich starrte auf das blonde Dreieck ihrer Haare und dann in ihre Augen, sie hatten einen sehr eigentümlichen Blick, und erst da wurde mir klar, daß das nicht nur Alkohol sein konnte, aber ich verscheuchte den Gedanken, gleich, dachte ich, gleich hast du es geschafft, gleich bekommst du den Fick, den du dir den ganzen Tag gewünscht hast, gleich dringst du in eine feuchte Möse ein, und die Welt bricht über dir zusammen, gleich hast du einen letzten Orgasmus, bevor die Sintflut, die du herausgefordert hast, dich ertränkt. Nina setzte sich auf den Küchentisch, spreizte ihre Beine und sah mich erwartungsvoll an, ich knöpfte meine Hose auf, während ich sie mit meinen Augen verschlang, mein Schwanz war steif, Nina sah ihn lächelnd an und steckte sich einen Finger rein.

Ob man's glaubt oder nicht, dieser Anblick einer wirklich gutgebauten nackten Frau brachte mich zur Vernunft. Es gab noch Schönes auf der Welt, und mit einem Mal war ich nicht gewillt, all das Schöne gegen einen miesen Fick einzutauschen. Ich kam mir ziemlich dämlich vor, mit meinem Schwanz in der Hand dazustehen. Ich packte ihn ein, ich fing an zu schwitzen, ich bekam Panik und rannte einfach davon, ohne mich auch nur ein einziges Mal umzudrehen. Ich hörte sie, wie sie die Treppe hinter mir herlief, aber ich nahm drei Stufen auf einmal und sprang das letzte Drittel immer runter, wobei ich mich am Geländer festhielt.

Erst als ich keuchend in meinem Bett lag, fühlte ich mich halbwegs sicher, ich hatte zwar Ninas Ego bestimmt ein Knockout verpaßt, aber ich hatte keine Schuldgefühle, es ging um MEIN ÜBERLEBEN. In schwierigen Situationen stelle ich mein Glück über das der anderen. Möglicherweise bin ich öfter ein Arschloch, als ich es zugebe. Vielleicht bin ich viel zu egozentrisch, nehme viel zu wenig Rücksicht, aber darin sehe ich keinen Fehler.

16

Als ich aufwachte, hatte mein Kopf die Ausmaße eines Heißluftballons und war schwer wie Blei, doch als ich überlegte, was ich getrunken hatte, fielen mir nur die vier Bier ein, ich konnte eigentlich gar keinen Kater haben, nicht der Alkohol, sondern der Abend war mir nicht bekommen, erneut brach mir der Schweiß aus, als ich daran dachte. Ein schrecklicher Gedanke schoß mir durch den Kopf, es war schon elf Uhr, ich hatte Ninas Reize verschmäht, und es gab da eine Möglichkeit ... Frauen können sehr hinterhältig sein, und Rache ist süßer als die Küsse eines Zuckerbäckers. Mit zitternden Händen ergriff ich das Telefon und wählte die Nummer, mir wurde abwechselnd heiß und kalt, bei jedem Klingeln krampfte sich mein Herz zusammen, bitte, bitte, laß sie zu Hause sein.

– Ja ...
– Hallo Esther, alles klar? Hat Nina bei dir angerufen?
– ...
– ESTHER?
– Wie spät ist es?
– Elf.
– Oh, Scheiße, ich müßte zur Uni ... ich fühle mich wie ausgekotzt ...
– Ich bin in ein paar Minuten bei dir, okay?

– Hmm ... Ist gestern noch was passiert?
– Ich erzähl's dir gleich. Tschau.

Kamikaze–Alex raste durch die Straßen, schwitzte wie jemand mit 50 Kilo Übergewicht, legte sich die Worte zurecht, stank bestimmt sieben Meilen gegen den Wind, und Esther staunte nicht schlecht, als sie die Tür aufmachte.
– WIE SIEHST DU DENN AUS? Was ist passiert?
Tränen schossen mir in die Augen, ich hatte mich unterwegs für die ehrliche Schiene entschieden, komme, was da wolle, jeder machte Fehler, das mußte doch verzeihbar sein. Konnte sie überhaupt hart bleiben, wenn ich ihr jetzt meine Seele zu Füßen legte, konnte sie es ablehnen, wenn ich sie mit jeder Faser meines Körpers liebte, wenn ich ihr das Geschenk der absoluten Liebe erbrachte, konnte sie mich da abweisen?

Die Worte sprudelten mir auf einmal aus dem Mund, ich erzählte, daß die Woche, in der sie verschwunden war, schrecklich gewesen sei, daß ich gestern so gerne mit ihr geschlafen hätte und dummerweise verstimmt war, als es nicht klappte, daß ich fast untreu geworden wäre, daß das die reine Wahrheit sei, egal, was Nina ihr vielleicht erzählen würde, um sich an mir zu rächen. Ich bat sie, daß sie mir bitte verzeihen möge.

Ich hatte die Tür hinter mir zugemacht und hockte mich mit dem Rücken dagegen auf den Boden, ich heulte nicht, es liefen mir nur vereinzelt Tränen über die Wangen, das konnte man beim besten Willen nicht als Heulen bezeichnen, doch als ich fast fertig war, setzte sich Esther, die bis dahin gestanden hatte, neben mich, bettete meinen Kopf in ihren Schoß und streichelte mir über die Haare. Erst da fing ich an zu heulen, ich ließ alles raus, diese ekelhaften sieben Tage, meinen Ekel vor mir selbst, alles wurde von dem Salzwasser weggespült, und Esther flüsterte: – Ist schon gut, und – Ich bin dir nicht böse, und solche Sachen in mein Ohr, manchmal glaube ich, ich habe sehr viel Glück im Leben, so eine Frau an meiner Seite zu wissen und eigentlich gar nicht viel dafür zu können, mit zweiundzwanzig schon die Traumfrau gefunden zu haben, nach der andere ein Leben lang suchen, keine großen finanziellen Probleme zu haben und ZWEI Freunde, die einen nie im Stich lassen, was ist das sonst als das reine Glück?

Und was war ich sonst als ein Idiot, als jemand, der unglaublich leichtfertig mit den Sachen umging, die ihm das Leben mehr oder minder in den Schoß geworfen hatte? Was war ich doch für eine erbärmliche Kreatur, das Selbstmitleid packte mich, ich heulte jetzt mit lautem Wehklagen, ich hatte keine Hemmungen mehr, ich wollte nicht aufhören, bis ich völlig erschöpft war, bis ich anfing, Blut zu weinen.

Das lange Weinen beruhigte mich, aber es hatte inflationäre Auswirkungen, Esther strich mir immer noch über die Haare, aber ihr Eifer, mich zu beruhigen und ihre Fürsorge ließen nach einer halben Stunde merklich nach, doch das störte mich nicht, solange sie einfach nur da war. Ich höre mir auch nicht gerne Gejammer an, ich finde es sogar schrecklich, jammern kann jeder. Jedes unterdurchschnittliche Arschloch hat eine herzzerbrechende Jammergeschichte auf Lager, da gehört nicht viel zu, ich habe jede Unglückslebensgeschichte schon gehört, aber die Sachen, über die man sich beklagt, sind meistens Sachen, die man ändern könnte, wenn man nur Mut und die Disziplin hätte, hart gegen sich selbst zu sein. Ich konnte es Esther also nicht übelnehmen, im Gegenteil, es half mir dabei, ruhig zu werden, und nachdem ich irgendwann eine Viertelstunde lang keine Träne mehr geweint hatte, stand ich auf und ging mir das Gesicht waschen.

Mit einem Lächeln trat ich aus dem Badezimmer, man mußte sich seinen Schwächen stellen können, wenn man sie überwinden wollte, ich war nicht gut gelaunt, aber es ging mir besser. Ich war voller Demut darüber, daß Esther keine Leben-oder-Tod-Geschichte aus der Sache gemacht hatte. Nein, sie hatte Verständnis gezeigt und auch noch gesagt, daß es vielleicht ihr Fehler gewesen sei, daß sie mir gestern vielleicht mehr Aufmerksamkeit hätte schenken sollen und daß sie mir vertraue und daß Nina eine dumme Tusse sei, hatte sie noch gesagt, aber das wußte ich ja auch vorher schon.

So beschissen war das Leben gar nicht, man mußte seine Chancen zu nutzen wissen und sich nicht nur von seinem Hoden leiten lassen, das brachte Probleme, nein, mit Esther war das Leben mehr als erträglich, es war wunderbar, und wenn Herr Blau sich das nur mal öfter vor Augen führen würde, könnte er sich eine ganze Menge Ärger ersparen.

Ich trat in Esthers Zimmer, sie saß auf dem Bett, und als sie mich reinkommen sah, verzauberte ein gütiges Lächeln ihr ganzes Gesicht und mich gleich mit, niemand konnte so schön lächeln wie meine Esther, und kein Mensch auf der Welt konnte so viel mit einem Lächeln ausdrücken. Ich atmete tief durch, entkrampfte die Muskeln so gut es ging und steuerte Esthers Plattenspieler an. Ich legte die erste Cowboy Junkies auf, wir hatten verschiedene Geschmäcker, was Musik anging, das meiste, was sie hörte, war mir vor allem am Anfang völlig saft- und kraftlos vorgekommen, doch nach etlichen schönen Stunden im Bett mit den Junkies und den Sundays und wie sie alle hießen, hatte ich auch diese Art von Musik zu schätzen gelernt, was nichts daran änderte, daß ich in erster Linie auf Gitarren stand. Black Sabbath- und Motörheadgitarren. Musik sagt sehr viel über die Haltung aus, die man gegenüber dem Leben einnimmt, glaube ich. Langsame, ruhigere Songs lassen einem viel Platz, man kann sehr viel selber in die Musik legen, und sie vereinnahmt einen nicht so. Eine richtig bratzende Gitarre steht im Vordergrund und läßt nichts neben sich gelten, das kann man nicht nur so nebenbei hören. Esther brauchte Musik, bei der man sich unterhalten konnte, eine Untermalung für die geselligen Abende, die sie sehr liebte. Esther wollte, daß eine sorglose, sanfte Atmophäre herrschte, eine Musik, die ein Band zwischen den Leuten knüpfte. Ich wollte immer nur mit Hilfe der Musik abheben, alles andere hinter mir lassen.

– Was möchtest du machen?

SIE fragte MICH, sie war nicht von dieser Welt, ich hatte Scheiße gebaut, und sie war nicht sauer, sie sah, daß ich mich mies fühlte, und sie versuchte, lieb zu mir zu sein.

– Am liebsten würde ich erst mal mit dir zusammen flippern gehen.

Und schon wieder schenkte sie mir ein riesiges Lächeln, ihr Vorrat schien unerschöpflich, genau wie Henry besaß sie die Fähigkeit, einen mitzureißen. Ich hatte sie noch nie für's Flippern begeistern können, das heißt, ich hatte es noch nie richtig versucht, wenn ich mal in der Kneipe flipperte, dann nur, wenn Esther einen Gesprächspartner hatte, und selbst in den Fällen hatte ich es immer bei einem Spielchen belassen, Esther winkte ab, wenn ich auf den Flipper deutete, und seit wir zusammen waren, hatte ich bestimmt noch keine zehn Spiele gemacht, aber Esther schien es nicht entgangen zu sein, was mir das bedeutete.

– Was findest du eigentlich am Flippern?
– Willst du es wirklich wissen?
– Ja, sonst hätte ich wohl nicht gefragt.
– Du hast es nicht anders gewollt ...

So ein Gefühl wie Lampenfieber überkam mich, ich hatte schon immer davon geträumt, mich einmal vor Publikum über so etwas Weltbewegendes wie Flippern auszulassen, ich würde ihr alles geben, die ganze Show.
– Erstens ist ein Flipper im Gegensatz zu den Videospielen real, nix Bildschirm, du spielst mit einer echten Kugel unter einer echten Glasscheibe, du fliegst nicht ein Flugzeug im Vietnamkrieg oder kämpfst gegen Monster aus dem All, du stehst da und versuchst, die Kugel möglichst lange im Spiel zu halten. Ein Flipper ist ehrlich, er erzählt dir nicht weiß Gott was, und wenn ich Geld eingeschmissen habe und spiele, steckt mein ganzes Hirn, mein ganzes Wahrnehmungsvermögen in der silbernen Kugel, es ist wie eine Droge, alles, was zählt, ist die Kugel, alles andere um dich herum ist unwichtig, nur deine Geschicklichkeit kann die Maschine bezwingen, je mehr Punkte du machst, desto mehr Geräusche gibt das Ding von sich, es blitzt und blinkt als Belohnung, deine Muskeln spannen sich an, wenn du in die Nähe eines Freispiels gerätst, dein Adrenalinspiegel steigt, du setzt alles daran, noch diese letzten paar Punkte für ein Freispiel zu machen, Schweiß tritt dir auf die Stirn, du betest, zitterst, hoffst und flipperst, als gelte es dein Leben, du willst diesen Erfolg. Es ist ein ehrlicher Zweikampf, und egal, wie er ausgeht, hinterher fühlst du dich besser, weil du weißt, daß du dein Bestes gegeben hast.

Ich kann mich noch genau erinnern, wie ich das erste Mal geflippert habe, ich war zwölf Jahre alt, und flippern war etwas, das nur große Jungens taten. Ich war mit ein paar Freunden Schlittschuhlaufen gefahren, und meine Mutter hatte mir großzügig zwanzig Mark in die Hand gedrückt, damit sollte ich mir mittags etwas zu essen kaufen. Im Imbiß der Eishalle standen zwei Flipper, beide waren frei, und ich entdeckte, daß ich auf Schlittschuhen groß genug war, um bequem Flippern zu können, ich ließ mir mein Geld wechseln, eigentlich wollte ich nur ein oder zwei Mark reinwerfen, nur um das mal auszuprobieren, ich wollte nur MAL KURZ auch so cool sein wie die Großen, aber nach den ersten drei Mark hatte ich das Coolsein längst vergessen, der linke Flipper hatte mich völlig in seinen Bann gezogen, ich kam nicht mehr zum Mittagessen an jenem Tag, der Flipper war auch hungrig, er schluckte zwanzig Mark wie nichts.

Esther hatte die ganze Zeit gelächelt, vielleicht würde sie nie meine Begeisterung teilen, aber sie hatte verstanden, was ich erzählen wollte, wir gingen zusammen flippern. Ich holte drei Freispiele hintereinander aus einem der Dinger.

Am Abend erzählte ich Esther dann die Geschichte, wie ich mir die Pulsadern aufgeschnitten hatte, kurz nachdem Sonja mich hatte sitzenlassen. Ich hatte im Morgengrauen am Waschbecken gestanden und die Arterie voll erwischt. Es spritze rhythmisch, und ich hatte geglaubt, nie mehr etwas fühlen zu können. Meine Mutter war an Krebs gestorben, meine Freundin hatte mich die letzten Monate nur betrogen, und mein Vater war ein Mensch mit Scheuklappen, der überhaupt nicht merkte, was mit mir los war. Ich war der unglücklichste Mensch auf der ganzen Welt. Vielleicht hatte ich Sonja nie geliebt, aber die Sache hatte meine Minderwertigkeitskomplexe bestätigt. Ich war häßlich, und ich hatte kein Glück bei den Frauen, was konnte einem Schlimmeres passieren?

Esther sagte nur, daß jeder in dem Alter schon mal an Selbstmord denke, daß das nichts Außergewöhnliches sei. Da hatte sie wohl auch recht, sogar Henry hatte sich mal ein paar Tage mit Lebensunlust geplagt, aber ich hielt meine Geschichte für etwas Besonderes und versuchte, ihr das auch zu erklären. Ich hatte echtes Blut vergossen, da spielte es keine Rolle, daß ich mich nach einer Viertelstunde selbst verbunden hatte. Außerdem führte ich Kai als Gegenbeispiel an. Der war vom Freitod so weit entfernt wie Kolumbus von den Hell's Angels, obwohl auch er sehr viel mitgemacht hatte.

Esther glaubte daran, daß man die Vergangenheit auf sich beruhen lassen sollte, daß man sie nicht überall mit sich rumtragen mußte. Sie lebte vorwärts gerichtet, sie blickte der Zukunft freudig entgegen, während ich ihr den Rücken kehrte, weil ich nicht an sie glaubte.

– Du grübelst manchmal zuviel über unwichtige Sachen, sagte sie, und ich machte mich daran, sie auszukitzeln, um ihr das Gegenteil zu beweisen.

17

Es wurde sehr kalt gegen Ende des Jahres, zum ersten Mal in meinem Leben trug ich lange Unterhosen, was nicht zuletzt Esthers gutem Zureden zu verdanken war, ich besaß zwei dicke Pullover und kein Paar warme Socken, der Winter hatte mich immer eiskalt erwischt, im wahrsten Sinne des Wortes. Ich fühlte mich dick eingepackt einfach zu eingeschränkt in meiner Bewegungsfreiheit, und das bißchen Frieren hatte mir noch nie viel ausgemacht. Ich will nicht den harten Kerl rauskehren, aber irgendwie machte es mir sogar Spaß. Der Winter bedeutete eine Herausforderung, im Sommer konnte sich jeder Idiot wohl fühlen, die Leichtigkeit des Lebens konnte einen ganz matschig in der Birne machen, aber dem Winter etwas abzugewinnen, die Zähne zusammenzubeißen und das Beste daraus zu machen, dazu gehörte Kraft. Und

Ausdauer. Aber es war wirklich so kalt, daß es eine Dummheit gewesen wäre, die langen Unterhosen zu verschmähen.

Für die meisten Menschen ist der Sommer die Zeit der Liebe, aber wenn ich es mir aussuchen müßte, würde ich eher einen Sommer ohne Freundin verbringen wollen als einen Winter. Im Sommer freut man sich so oder so des Lebens, aber im Winter, wenn es draußen -15 Grad kalt und böse ist, ist es ein unbeschreibliches Gefühl, sich unter einer warmen Bettdecke an den Körper einer Frau zu schmiegen, der Kontrast von dem, was vier Meter vor meiner eigenen Nase ist, zu dem weichen Bett ist so riesig groß, daß ich vor Wonne laut brüllen, tanzen, singen und lachen könnte, vor Wonne, der ganzen elenden, erfrorenen Welt da draußen ein Schnippchen geschlagen zu haben.

Esther war da zum Glück ziemlich einer Meinung mit mir, und wir verbrachten unzählige Stunden bei Kerzenschein in einem kuschelig warmen Zimmer, ein süßer Duft von Zimt oder Vanille ging von der Duftlampe aus, wir tranken Tee und heiße Milch mit Honig, und ich hatte auf dem Wühltisch einen riesigen Ziegelstein von Buch gefunden, Märchen aus aller Welt, und ich las Esther jeden Abend, den wir zusammen waren, ein Märchen vor, es war unglaublich schön. Ich ließ mich ab und zu auch dazu überreden, einen Abend im Kreis ihrer Freundinnen zu verbringen, aber an den Abenden verhielt ich mich meistens sehr still.

Wenn ich arbeitete oder mal zur Uni ging, sah ich diese verbissenen und vor Kälte geröteten Gesichter, und mein Herz hüpfte in meiner Brust umher vor Freude, daß ich so ein wunderschön ausgefülltes Leben führte, daß ich wunschlos glücklich war, daß ich das große Los gezogen hatte.

Weihnachten stand vor der Tür, und Esther wollte zu ihren Eltern fahren und rechtzeitig zu Silvester wieder da sein, ich wußte um die Notwendigkeit dieser Sache, aber die Aussicht, sie fast sechs Tage hintereinander nicht zu sehen, gab mir doch einen kleinen Stich, ich hatte Angst vor der Einsamkeit, Angst, daß dieses Monster mich Abend für Abend auffressen würde. Ich war sehr erleichtert, als Kai ankündigte, daß er die Feiertage bei mir verbringen wolle. Ich hatte meinen Vater wegen einer belanglosen Sache seit drei Jahren nicht mehr gesehen oder gesprochen, und manche Leute sagten, ich hätte meine Sturheit und Dickköpfigkeit von ihm geerbt. Kai kam aus einer chaotischen Familie und hatte den Kontakt zu seinen Eltern vor einiger Zeit abgebrochen, Henry war der einzige von uns dreien, der aus einer glücklichen fünfköpfigen Bilderbuchfamilie stammte, möglicherweise ging ihm auch deshalb jegliche Bitterkeit und jeglicher Zynismus ab.

So kam es, daß ich Heiligabend zusammen mit Kai in meinem Zimmer saß, während alle Welt artig Geschenke austauschte und Freundlichkeit und Liebe heuchelte. Ich hatte mir von einem Bekannten einen riesigen Marihuanastrauch geliehen und ihn mit Lametta behängt, um auch bei mir ein wenig festliche Stimmung aufkommen zu lassen, das war witzig gemeint, aber es entpuppte sich als Omen.

Wir aßen Fondue und tranken Rotwein. So wenig ich für dieses Fest übrig hatte, ich hatte mir wirklich Mühe gegeben, und der Abend belohnte mich mit Ruhe und Sanftheit, mein Freund saß mir gegenüber, ich hatte fünf verschiedene hervorragende Soßen gezaubert, der Wein hatte 30 Mark die Flasche gekostet, ich hatte die 40 Watt Glühbirne gegen eine 25er ausgetauscht. Kerzen erinnerten mich zu sehr an die Nächte mit Esther.

Ich erzählte Kai die Geschichte, wie Esther verschwunden war, und die Sache mit Nina, es gab nichts, was ich ihm verschwiegen hätte, und gerade als er seinen Mund aufmachte, und seine Meinung zu dem Ganzen loslassen wollte, klingelte das Telefon, mit Esther hatte ich an diesem Tag schon dreimal telefoniert, unwahrscheinlich, daß sie es war, doch ich konnte mir nicht vorstellen, wer mich sonst an so einem Tag um so eine Uhrzeit anrufen sollte ...

– Hallo?

– I wish you a merry christmas, I wish you merry christmas, I wish you a merry christmas and a happy new year ...

Ihre Stimme klang leicht ausgeleiert, ich brauchte zwei, drei Takte, um zu erkennen, wer es war, und dann war ich so baff, daß mir nichts einfiel, seit dem Vorfall hatte ich auf wunderbare Weise nichts mehr von ihr gehört und war auch ganz glücklich damit gewesen.

– Frohes Fest, Alex!

– Ja ... Danke ... Gleichfalls ...

Nina war die letzte Person auf dieser Welt, mit der ich an diesem schönen Abend reden wollte.

– Alex, möchtest du nicht vorbeikommen, ich, ich bin ... ich bin so ... einsam.

So wenig ich auch von diesem Christusgeburtstag hielt, ich konnte nicht nein sagen oder mir eine Ausrede ausdenken, ich konnte mir sehr gut vorstellen, wie einsam ein Mensch sich an so einem Tag fühlen konnte. Ich würde nicht so weit gehen zu sagen, daß ich alles über Einsamkeit weiß, aber es hat eine Zeit in meinem Leben gegeben, in der ich mich völlig isoliert fühlte. Ich hatte mich nach wenigstens einer menschlichen Seele gesehnt, die mir nahestand, ich hatte keinen Bezug zu irgend jemandem oder irgend etwas, und dann starb meine Mutter, meine letzte Brücke zum Leben verschwand, und ich dachte schon, das war's, sechzehneinhalb und das Leben ist schon vorüber, an dir vorbeigelaufen, ich wußte nicht, wie lange ich die Kraft haben würde, meine Existenz zu ertragen, wann ich dem Ganzen ein Ende setzen würde, ich hatte keine Freunde, ich fühlte mich schwach, ich war unbeliebt, ich sprach nicht viel, ich kannte meine Matratze wie andere die Brüste ihrer Freundinnen, ich kannte den Geschmack meiner Tränen wie andere den Geschmack von Bier und durchtanzten Nächten, ich kannte jeden Zentimeter der Talsohle und des Sumpfes.

Die Einsamkeit ist ein riesiges Ungeheuer, das dich bei den Haaren packt und gegen die Wände schleudert, bis du nichts mehr spürst, und wenn Nina gerade gegen dieses Ungeheuer kämpfte, wollte ich ihr helfen. Ich hätte auch jedem anderen geholfen, schon aus reiner Menschenfreundlichkeit, aber ehrlich gesagt, fühlte ich mich nicht ganz wohl in meiner Haut, ich wollte wenigstens Heimvorteil haben, also erklärte ich Nina, daß Kai bei mir war und daß ich sie in zehn Minuten abholen würde, wir würden schon einen guten Abend verbringen, sie solle sich keine Sorgen machen.

Kai stimmte mir zu, daß man Menschen, so gut es geht, helfen solle, und wir setzten uns ins Auto, um durch die menschenleeren Straßen zu fahren, mit der Tom-Waits-Version von Heilige Nacht im Recorder.

Nina hatte eine Fahne, doch sie hielt sich ganz gut, sie erstaunte mich immer mehr, wer sie nur gesehen hätte mit ihren lackierten Fingernägeln und dem Rouge auf den Wangen wie frisch einer Kosmetikreklame entsprungen, hätte sie für eine Abstinenzlerin gehalten oder zumindest für jemanden, der nach dem zweiten Glas albern wird. Vielleicht ist es möglich, eines Tages hinter den Sinn des Lebens zu steigen, aber Frauen werde ich nie verstehen. Die Kinnlade fiel mir endgültig runter, als sie, nachdem wir um meinen Weihnachtsstrauch versammelt waren, ein riesiges Paket aus ihrem Rucksack kramte, mir einen Kuß auf den Mund drückte und noch mal ein Frohes Fest wünschte.

Noch während ich auspackte, holte sie aus ihrem Rucksack eine große Platte Haschisch und legte sie lächelnd auf den Tisch, sie hatte Kai und mich in ihrer Hand. Unsere Männergespräche waren gestört, aber voller Spannung erwarteten wir nun, was wohl noch alles kommen würde. Ich, für meinen Teil, kam mir vor wie im Zirkus, ihr großer Rucksack war wie der Zylinder des Zauberers, und sie steckte ihre Hand zum dritten Mal hinein und brachte eine Wasserpfeife zum Vorschein. Fast hätte ich in die Hände geklatscht, aber ich weiß, was sich gehört. Meiner Meinung nach lief irgend etwas schief in Ninas Hirn, das schien alles eiskalt geplant zu sein, das war nicht Alkohol, das war Persönlichkeitsspaltung oder so, das war nicht die Tusse, die ich kannte, das war eine gestörte Frau, vielleicht auf der Flucht vor der Realität, vielleicht mit dem Mut der Verzweiflung.

Kai und ich beobachteten sie stumm, während sie ihre Vorbereitungen traf, ich vergaß mein Paket und starrte nur noch, doch Nina schien das nichts auszumachen, sie hatte ein entrücktes Lächeln auf den Lippen.

Als es soweit war, bot sie mir den ersten Zug an, seit fünf Minuten hatte keiner ein Wort gesprochen, und auch jetzt reichte sie mir nur stumm die Wasserpfeife, und ich zögerte. Haschisch ist nicht meine erste Wahl, was Drogen angeht, ich bin von Natur aus lahmarschig, ich brauche dazu kein Dope. Dann und wann habe ich jedoch richtig große Lust dazu, und obwohl gerade nicht so ein Tag war, griff ich zu und sog den Rauch in meine Lunge. Das einzige Geräusch war das Blubbern der Pfeife.

Das Zeug war gut. Das letzte Mal hatte ich zusammen

mit Esther geraucht, an dem Tag, an dem wir uns kennengelernt hatten, das war schon lange her, und von einer Sekunde auf die andere war ich zugedröhnt bis in die Haarspitzen, es war fast so wie beim ersten Mal. Ich staunte nicht schlecht, als Kai drei und Nina sogar vier Köpfchen rauchten, ich war mit einem mehr als nur bedient, ich war vollkommen platt.

Ich brauchte ewig, um endlich das Geschenk auszupacken, ich sinnierte lange über die Fische auf dem Papier nach, sie sahen nach einem Gemeinschaftswerk von Warhol und da Vinci aus, das die beiden nach einer durchzechten Nacht in Tijuana entworfen hatten. Das Geschenk waren Jonglierkeulen, und in meinem verkifften Hirn malte ich mir aus, wie eine nackte Frau breitbeinig vor mir stand und jonglierte. Der einzige Trick, den sie beherrschte, war, sich während des Jonglierens das dünne Ende der Keulen zwischen die Beine zu stecken. Ich ertappte mich dabei, wie ich meine Hand gegen meinen steifen Penis drückte und dann an einer der Keulen roch, das war völlig absurd, sie war vielleicht gar nicht feucht, fiel mir ein, und ich mußte laut loslachen, als mir aufging, was ich gerade gedacht hatte. Ich lachte, ich lachte so, daß ich Angst bekam zu ersticken, die Bauchmuskeln taten mir weh, Tränen kullerten aus meinen Augen, ich bekam Panik, für den Rest meines Lebens lachen zu müssen, doch ich konnte nicht aufhören, immer wenn ich mich zu beruhigen schien, dachte ich an die Keule an meiner Nase, und es ging von vorne los, so lange, bis ich nur noch breit grinste, anstatt zu lachen.

Ich bekam nicht mit, was die beiden anderen taten, ich war total versunken in meine abstrusen Assoziationsketten.

Irgendwann mußte ich auf Toilette, und als ich zurückkam, traute ich meinen Augen nicht. Wie zur Salzsäule erstarrt, blieb ich im Türrahmen stehen und starrte Nina und Kai an, die leidenschaftlich knutschten, Kai hatte seine Hand unter Ninas Pullover, und nach einiger Zeit, die ich ohne zu atmen verbrachte, begannen sie, sich gegenseitig auszuziehen, sie waren so versunken in ihre Aktivitäten, daß sie mich nicht bemerkten. Ich befand Ninas Busen für etwas zu groß, und mein Hirn kam mir vor wie ein einziges großes Fragezeichen. Ich entschloß mich, leise in mein Bett zu verschwinden, in der Hoffnung, das alles nur halluziniert zu haben.

Ich ließ also die beiden in meiner Küche zurück, doch für ein oder zwei Sekunden dachte ich daran, Kai ein Kondom zu geben, aber ich war zu relaxt, um mir Sorgen zu machen, ich fühlte mich warm, weich und entspannt. Wegen mir konnte er ihr ein Kind andrehen UND sich Aids holen, das war mir scheißegal. Ich schob meine Raggamuffinkassette ins Tapedeck, legte mich aufs Bett und versank in diesem Rhythmus. Meine Kopfhaut prickelte, als liefen Tausende von Ameisen darauf herum.

Ich brauchte ziemlich lange, bis mir aufging, daß das Stöhnen nicht aus den Boxen, sondern aus der Küche kam, in erster Linie hörte man Nina, und es hörte sich so gut an, daß ich einen Ständer bekam und überlegte aufzustehen und mir das Ganze mal anzusehen.

Ich konnte es mir lange Zeit verkneifen, ich redete mir ein, es nicht nötig zu haben, mich daran aufzugeilen, doch die beiden zogen den Akt unwahrscheinlich in die Länge, sehr zu Ninas Vergnügen. Das war der abgedrehteste Heiligabend, den ich je erlebt hatte, ich war stolzer Besitzer von drei Jonglierkeulen, die Frau, die in mich verliebt war, schlief mit meinem besten Freund, irgend etwas Begehrenswertes mußte ja an ihr sein, das ich möglicherweise übersehen hatte, ich hatte einen Ständer, der nach Berührung brüllte, ich lag auf meinem Bett, Unmengen THC im Blut, und konnte mich nicht entscheiden aufzustehen oder liegenzubleiben.

Kai stand und führte seinen Penis, der naß glänzte und nicht von einer Gummischicht eingeengt war, ganz langsam rein und raus, während Nina rücklings auf dem Küchentisch lag, ihre Füße auf Kais Brust, und mit vor Lust verzerrtem Gesicht laut stöhnte. Das war der einzige Moment in meinem Leben, in dem ich wirklich GERNE mit dieser Frau geschlafen hätte, doch ich starrte nur ziemlich lange durchs Schlüsselloch, natürlich hatten sie die Tür zugemacht, um mir den Spaß zu verderben.

Geil wie ein Matrose auf Landgang ging ich dann in mein Zimmer, ich schloß die Tür meinerseits, zog meine Hose aus und wichste im Stehen, das ist eine Sache, die ich seit Jahren mit sehr viel Hingabe betreibe, ich wichste, bis der Orkan kam und mich fortwirbelte, für bestimmt dreißig Sekunden erlebte ich die schönsten Zuckungen und wärmsten Wellen in meinem Körper, dicke Tropfen klatschten auf den Teppich. Danach legte ich mich völlig befriedigt und erschöpft hin, aus der Küche drang immer noch das Stöhnen, aber das war mir jetzt egal, die beiden konnten machen, was sie wollten, sie sollten nur nicht auf die Idee kommen, mich gleich zu wecken und nach einer Luftmatratze oder einem Schlafsack oder so zu fragen, sollten sie ruhig die ganze Wohnung verwüsten, den Kühlschrank leerfressen oder mit ihrem Gestöhne die Nachbarn aufwecken, ich lag in meinem flauschigen Bett ohne einen letzten Wunsch, ich wollte friedlich und unschuldig einschlummern, und in dem Moment, in dem ich die Augen schloß, hörte ich, wie Nina und Kai offensichtlich gleichzeitig ihren Höhepunkt erreichten.

Es wurde still, und mein Hirn driftete langsam in den Schlaf. Jesus Christus war kein Kiffer, aber er hat uns heute einen schönen Tag beschert, war mein letzter Gedanke.

18

Silvester waren wir im Wochenendhaus von Henrys Eltern und aßen mit Kastanien gefüllten Truthahn. Wir waren zu siebt, Esther, Nina, Kai, Henry, zwei seiner zahlreichen Frauenbekanntschaften, Sarah und Judith, und ich. Es wirkte wie eine Familienfeier, an diesem Abend waren wir eine Gemeinschaft, es herrschte eine lockere und innige Atmosphäre. Ich weiß nicht, wie es für die anderen war, aber für mich war es eins der wenigen Male in meinem Leben, in dem ich mit mehr als vier anderen Menschen in einem Raum saß und mir nicht wie ein Außenseiter vorkam oder den Wunsch verspürte, mindestens drei Leuten ins Gesicht zu kotzen, weil ich sie so gottverdammt dämlich fand. Ich empfand eine tiefe Zuneigung zu allen, ja sogar zu Nina, seit sie sich nicht mehr so stark schminkte, konnte man ihre schönen Gesichtszüge erkennen. Sie führte so eine Art Bumsbeziehung mit Kai, er hatte ihr gesagt, daß es von seiner Seite aus auf gar keinen Fall mehr war, und sie hatte wohl durchblicken lassen, daß sie im Grunde sowieso nur an mir interessiert sei, so jedenfalls hatte es Kai mir erzählt.

Wir saßen am Tisch, schlugen uns die Bäuche voll, und so weit ich das beurteilen konnte, fühlten sich alle rundherum wohl, besonders ich. Ich hatte noch vor zwei Stunden mit Esther geschlafen. Niemand übertrieb es mit dem Rotwein, und alle unterhielten sich angeregt. Henrys Freundinnen hatte ich vorher schon ein paar Mal gesehen,

Sarah war unwahrscheinlich nett, man könnte fast sagen harmlos, und Judith strahlte etwas Maskulines aus, das sie sehr anziehend wirken ließ, zumindest für mich, sie hatte ein leicht ausgemergeltes Gesicht, das seinen Glanz noch nicht verloren hatte, und kurzes, schwarzes Haar.

Henry kannte viele Frauen, sie standen auf ihn, doch es schien nie die Richtige dabei zu sein, er hatte meistens kurze Beziehungen, aber viele Freundschaften, diese Freundschaften schlossen in Henrys Fall, aus mir völlig unerklärlichen Gründen, immer schmusen mit ein, und die Grenze zum Geschlechtsverkehr wurde auch schon mal überschritten, ohne daß die Sache dadurch komplizierter zu werden schien. Früher hatte ich ihn sehr beneidet, doch jetzt war es eher umgekehrt.

Vielleicht wollte jeder noch mal soviel Gutes wie nur möglich in die letzten Stunden des alten Jahres stecken, vielleicht hatte Henry etwas in den Truthahn getan, oder die Sterne standen günstig, alle schienen zufrieden gewesen zu sein mit dem Jahr, alle beendeten es stehend, die Fäuste in die Luft gereckt, triumphierend, und so erreichten wir ein unglaubliches Gleichgewicht untereinander, eine Selbstverständlichkeit und ein Zusammengehörigkeitsgefühl, wie es nur von selbst kommen kann. Allen war klar, daß die Sache eine Seifenblase war, keiner machte sich großartig Sorgen darüber.

Nach dem Essen kuschelten sich alle aneinander, Körperkontakt war völlig natürlich, es lag noch nicht einmal ein Hauch von Sex in der Luft, und irgendwann küßte ich Judith auf den Mund, ohne daß Esther das geringste Zeichen von Eifersucht zeigte.

Wozu brauchte man diese ganze Welt da draußen, die man nicht verstand? Ein paar Freunde, eine Gruppe von Menschen, der man sich verbunden fühlte, war alles, was man brauchte. Die Hippies hatten vielleicht doch die richtigen Ideen gehabt. Aber es konnte sein, daß ich dafür nicht geschaffen war, mich irgendwo einzufügen und hier und da einen Kompromiß zum Wohle der Gemeinschaft einzugehen, es konnte sein, daß auf dieser Welt keiner existierte, der so dachte wie ich. Wie konnte ich in dem Falle von einer Gemeinschaft träumen?

Schnell verscheuchte ich den Gedanken, ich hob ihn mir für die trüben Tage auf, Sarah kraulte mir gerade den Nacken, und ich wollte mein Hirn abschalten und nur für den Augenblick leben, wie Esther es immer tat. So etwas hatte ich das letzte Mal mit siebzehn auf einer Studienfahrt erlebt, das war jetzt Jahre her, so ein Ereignis kam völlig überraschend, ließ sich nicht planen oder herausfordern, es war noch seltener als ein guter Exzeß ohne Schmerzen hinterher.

Wir machten keinen großen Zinnober, als es Mitternacht wurde, tatsächlich merkte es niemand, irgendwann rief Nina – Oh, es ist halb eins, und Henry sagte – Na und? Das war Silvester für mich, das war einfach wunderbar, das letzte Mal, daß ich mich Silvester so gut gefühlt hatte, war mit zwölf gewesen, mein Vater hatte mir erlaubt, einen Kanonenschlag zu zünden, ich hatte voller Erleichterung gedacht: – Jetzt bist du endlich erwachsen.

Ganz kurz nur wurde meine Freude gestört, als ich sah, wie Henry ein paar Sekunden lang Esthers Oberschenkel streichelte, es sind immer die besten Freunde, die einem in den Rücken fallen, dachte ich, und für den Bruchteil einer Sekunde wollte ich ihm eine reinschlagen, doch Esther lächelte gerade so unschuldig, daß ich augenblicklich besänftigt war, es wäre ja wohl tatsächlich eine lächerliche Überreaktion gewesen. Ich lehnte mich entspannt zurück, machte mir eine Zigarette an und versuchte mich an ein paar Rauchringen, ich bekam zwei oder drei hin, die fast perfekt waren, und lächelte, die anderen redeten über den neuesten Streifen von Mickey Rourke. Ich hatte ihn nicht gesehen, und so schloß ich die Augen und ließ mich von ihren Stimmen einlullen.

Als ich die Augen wieder aufschlug, unterhielten sich Kai und Henry mit gedämpfter Stimme, die Mädels atmeten sehr ruhig und sehr gleichmäßig, sie schienen zu schlafen. Auch ich mußte wohl kurz eingenickt sein, ich schielte nach der Uhr an der Wand, fast fünf, ich hatte mindestens zwei Stunden geschlafen, ich schloß die Augen wieder und versuchte zu verstehen, über was die beiden sprachen, sie hatten nicht bemerkt, daß ich wach war.

– ... findest du eigentlich an Nina?
– Ich weiß auch nicht, sie ist gut im Bett ... die Sonne ist auch immer dann am schönsten, wenn sie untergeht ...
– Hast du ihr wenigstens gesagt, daß du nichts Festes willst?
– Klar, ich denke, sie weiß es auch so. Sie würde sowieso am liebsten Alex abkriegen.
– Ich weiß, sie hat sich vor ein paar Wochen, nach dem Besäufnis in der Hölle bei mir ausgeheult ... Sei bloß vorsichtig, mach keinen Fehler mit der Frau, die ist ziemlich down zur Zeit, mit dem, was die an Psychopharmaka schluckt, könntest du vier Ochsen umbringen.

Henry hatte den Dreh raus mit Frauen, er verstand sie halbwegs, es tat mir fast leid, daß er die Richtige noch nicht gefunden hatte. Ich vermutete ein Geheimnis dahinter, daß er anscheinend in so vielen Frauenträumen die Hauptrolle spielte, das konnte doch nicht alles an seinem sorglosen Wesen liegen.

– Sie braucht, glaube ich, jemand, der ihr sagt, wo es

lang geht, der sie ab und an in den Arsch tritt und ihr die Richtung zeigt ...

Jetzt klinkte ich mich ein, dazu hatte ich auch was zu sagen.

– Ja, das kann gut sein, viele Frauen scheinen echt einen Macho zu brauchen, ich krieg das in meinem Kopf nicht klar, das stimmt überhaupt nicht mit diesem modernen Frauenbild überein.

Esther mag es auch sehr gerne, wenn ich Stärke demonstriere, sie gibt's nicht zu, aber sie steht eindeutig auf Muskeln, sie macht sich zwar gerne über diese aufgeblasenen Körper lustig, aber insgeheim hat sie eine Vorliebe dafür, die ihr wahrscheinlich selbst nicht ganz geheuer ist, deshalb verschweigt sie ihre Träume wohl auch. Ich dachte, das gibt's nur im Film, kann sein, daß Frauen sich insgeheim immer einen Fels in der Brandung wünschen.

Die beiden schauten mich an, wir lächelten alle drei, die Situation hatte einen gewissen Reiz, es konnte sein, daß eines der Mädchen, oder sogar alle, nicht wirklich schliefen. Für so ein Gespräch hätten sie uns geviertelt, es gab da diese Emanzipation, von der sie redeten. Aber ich entdeckte bei der Sache so viele Widersprüche, daß ich das gar nicht ernst nahm.

Henry machte den Mund auf, und ich hing gebannt an seinen Lippen, seine Worte auf diesem Gebiet hatten Autorität für mich.

– Am Anfang finden sie es gut, wenn du auch schon mal Schwächen zeigst, da stimmt ihr Reden und Handeln noch überein, aber wenn du nicht zufällig an einen mütterlichen Typ geraten bist, wollen sie auf Dauer einen Beschützer, ein Tier ... und vor allen Dingen gesellschaftliche Anerkennung. Es reicht ihnen nicht, daß du sie liebst, alle Welt muß sie mögen und beachten. Gerade das ist euer

Problem, ihr beiden gebt einen Scheiß auf die Welt, besonders du, Alex, du bist manchmal ziemlich egozentrisch, du interessierst dich nur für dich, alles andere verblaßt neben dir, dabei ist es schön, mit allem in Berührung zu kommen, unter vielen Menschen zu sein, und es ist auch kein Fehler, sich helfen zu lassen.

Er sah mich an, so ernst hörte man ihn selten. Wenn man ihn nicht gut kannte, glaubte man, er könne gar nicht ernst sein.

– Alex, ich denke, ich weiß wovon ich rede, und ich denke, Esther wäre glücklicher, wenn du ihr nicht immer erzählen würdest, wie sehr dich alles ankotzt. Und ganz so viel zu Hause rumzuhängen, behagt ihr wohl auch nicht, sie hat eben so etwas durchblicken lassen, als du gepennt hast.

Ich fühlte mich augenblicklich unwohl, obwohl er mir da nichts unbedingt Neues erzählte. Ich nahm einen tiefen Schluck aus einem herumstehenden Glas und nickte.

– Ich wollte dir nicht zu nahe treten, ich dachte, ich sag's dir besser.

– Ist auch in Ordnung so.

Es entstand eine längere Pause, in der ich Esther betrachtete, ich überredete sie alle paar Tage, lieber zu Hause einen gemütlichen Abend zu verbringen, als irgendwo hinzugehen.

– Aber das machen wir ja immer, sagte sie dann, und ich antwortete, daß ich da nichts Schlimmes dran finden könne, die Dinge würden doch nicht schlechter, weil man sie öfter mache, man höre ja auch nicht auf, miteinander zu schlafen. Das letzte Mal, daß wir groß ausgegangen waren, war schon lange her. Henry hatte recht, ich interessierte mich zuallererst für mich, aber direkt danach kam Esther, vielleicht sogar schon vorher, und da waren noch er und Kai, ich war immer offen für Neues, außer wenn es sich um andere Menschen handelte, meistens machte ich mir nicht mal die Mühe, mir ihre Namen zu merken. Nette Leute und Arschlöcher gibt's wie Sand am Meer, das interessierte mich tatsächlich nicht. Es konnte sein, daß ich mich da vertat, ja, vielleicht tat ich sehr vielen Leuten unrecht damit, vielleicht war ich ein arrogantes Arsch, aber wenn das ein Weg war, mich wohlzufühlen, konnte es doch nicht ganz falsch sein.

In Gedanken versunken, rauchten wir alle drei, bis Kai sich räusperte und uns beide erstaunte mit dem, was folgte.

– Ich habe mein Studium geschmissen, ab dem Zwölften arbeite ich Vollzeit in einer Fabrik ... Das kotzt mich derart an, vielleicht hätte ich doch 'ne Lehre als Bankkaufmann machen sollen. Ich weiß nicht, wo das hinführen soll, ich fühle mich nicht jung und dumm genug, um Privatdetektiv werden zu wollen. Und Flipperkönig gibt's nicht als Beruf. Ich krieg das Zittern, wenn ich daran denke, daß es das gewesen sein könnte, die nächsten fünfunddreißig Jahre im Blaumann. Aber so lange ich auch überlege, es gibt keinen Beruf, der mich wirklich reizt, ich will jede Woche eine Flasche Wild Turkey und zwei Päckchen Lucky ohne am Tag, etwas zu essen und immer nur das tun, was ich für richtig halte. Und DAFÜR muß man arbeiten in diesem Leben.

Bei dem Wort Privatdetektiv hatte ich gelächelt, Kai wäre die weltbeste Neuausgabe von Phil Marlowe gewesen, aber so etwas ist ein Relikt vergangener Träume, mit Ehrlichkeit und Aufrichtigkeit konnte noch nie jemand seinen Unterhalt verdienen.

– Was wir brauchen ist ein Chaos, glaub mir Kai, 'ne Klimakatastrophe, den dritten Weltkrieg, den totalen Ausfall aller technischen Geräte, irgend so was in der Art, davon träume ich seit Jahren, das scheint mir die einzige Möglichkeit, sich um einen Beruf drücken zu können, ohne ein allzu großes Risiko einzugehen oder viele Scherereien zu haben. Wir beide, wir wären gut gerüstet für so ein Durcheinander, wir können und wissen von allem etwas, Allrounder mit keinen oder nur fragwürdigen Talenten. Ein Chaos, anarchistische Zustände, ich würde mich wohl fühlen, egal, wie hart es wäre, da könnte ich Energie reinstecken.

Er lächelte mich traurig an.

– Sag doch gleich, die Chancen stehen schlecht für uns.

Ich zuckte mit den Achseln, und wir sahen beide Henry an, er war zwei Jahre jünger als wir, Mittlere Reife, abgebrochene Lehre, unzählige Jobs, und niemand, der ihn kannte, wäre auf die Idee gekommen, ihn als gescheiterte Existenz oder als Verlierer zu bezeichnen, er schien unbesiegbar. Er erkannte die Frage in unseren Gesichtern, doch Buddha hätte nicht ruhiger dasitzen können.

– ICH BIN WIE ZWEI KATZEN. ICH HABE ACHTZEHN LEBEN UND FALLE IMMER WIEDER AUF DIE BEINE.

19

Während der Gedanke an eine gesicherte Zukunft pausenlos in meinem Kopf rumschlingerte, ging ich, so gut ich konnte, das neue Jahr an, doch in den ersten zwei Wochen erschien mir jeder Tag, der verging, wie die Verkürzung einer allerletzten Gnadenfrist, ich wurde bald dreiundzwanzig, immer noch keine Qualifikation und einen Job, in dem ich noch zehn, höchstens fünfzehn Jahre hatte, und die mickrige Halbwaisenrente würde in zwei Jahren auch gestrichen werden, ich hatte nichts, woran ich mich festhalten konnte, wenn es hart auf hart kam. Ich hielt dieses Mal Esther gegenüber meinen Mund, ich belastete sie nicht mit meinen Ängsten, das war sowieso nur ein vorübergehender Zustand, die meiste Zeit glaubte ich nicht an die Zukunft und vor allen Dingen nicht an die Sicherheit. Sicherheit war immer eine elende Illusion, da gehst du aus dem Haus, erwischst 'ne Bananenschale und brichst dir das Genick. Das ist unwahrscheinlich, keine Frage. Aber es ist möglich, und es gibt keinen Weg, dich davor zu schützen, von einem Tag auf den anderen, sogar von einer Sekunde auf die andere kann sich dein Leben verändern, kann das Unglück über dich hereinbrechen, und alles, was du tun kannst, ist deine Nehmerqualitäten zu beweisen.

Nachdem ich mir das also zwei Wochen lang eingeredet hatte, hatte ich Geburtstag. Ich hatte zwölf Leute zu mir eingeladen, ich wollte eine überschaubare Anzahl, ich war verwirrt genug von diesem Leben, ich wollte nichts verkomplizieren, ich hatte vier Kästen Bier gekauft, Wodka und Kirschsaft, einen riesigen Pott Chili gemacht und den ganzen Nachmittag getrunken. Als Esther um sechs Uhr als erste kam, bemerkte sie nichts, aber ich gab mir höchstens noch drei, vier Stunden, wenn ich so weitermachte. Und ich würde so weitermachen, es schien die einzige Möglichkeit, diesen blöden Gedanken mal für ein paar Stunden aus dem Hirn zu fegen, ich mußte meinen Kopf gut durchlüften, leertrinken. Jedesmal, wenn ich pinkelte, stellte ich mir vor, das sei das Gift aus meinem Hirn, erst wenn die Pisse klar wie Wasser war, durfte ich aufhören, und mit etwas Phantasie behielt sie immer einen leicht gelblichen Schimmer.

Zwischen acht und neun kamen die anderen, ich war schon jenseits der Schmerzgrenze, ich nahm ein paar Geschenke entgegen und trank weiter, ich hielt mich ganz gut, ich kümmerte mich zwar einen Scheißdreck darum, ob sich die anderen alle amüsierten oder nicht, aber ich hatte jede Menge Spaß mit meinen Promille. Henry war der einzige, der mich darauf ansprach. Filmriß? sagte er und grinste, ich grinste zurück, Henry war mit Judith gekommen, Kai war wieder in München mit Nina, die sich Urlaub von ihrem Job als Anwaltsgehilfin genommen hatte, es sah nach mehr aus als nur Bumsen. Mir fehlten noch vier, vielleicht fünf Wodka-Kirsch, bis es klick machte und das Denken aufhörte, ich trank zwei hintereinander weg. Nicht mehr Denken zu können würde eine Erholung sein.

Das letzte, woran ich mich erinnere ist, wie ich Judith erzählte, daß ich der größte Schriftsteller meiner Generation sei und daß ich demnächst ein Buch schreiben würde mit dem Titel SACKGESICHTIGER DEPRIMIERTER PSYCHOPATH, voller Blut und Sex und Schweiß und Gewalt, voller Musik und voller Haß, ein Meisterwerk.

Als ich aufwachte, sah die Wohnung aus wie die des Helden aus dem Buch, das ich angekündigt hatte, aber ich fühlte mich gut, ich hatte nicht geschlafen, ich hatte vierzehn Stunden in einem Koma gelegen, keinen einzigen Gedanken im Kopf, alles kam mir klar und rein vor, man sagt doch, Alkohol desinfiziert, da kann ich nur zustimmen.

Scheiß auf die Sicherheit, sagte ich mir mit einem Lächeln, Seelenfrieden kostet dich manchmal eine Flasche Wodka, das ist fast geschenkt, ich griff nach dem Telefon und rief Esther an, ich wollte wissen, ob ich etwas Unanständiges getan hatte.

Sie erzählte mir, daß ich noch ALLE um mich versammelt hätte, um einen Vortrag darüber zu halten, daß ich der größte lebende Schriftsteller sei, der rechtmäßige Nachkomme von Billy The Kid und Kim Gordon, gekommen, um das Erbe von Arturo Bandini anzutreten, mit einer Schreibe wie Henry Rollins' Stimme, der Regenbogen sei mein Heiligenschein. Es sei beeindruckend gewesen.

Ich empfand das als Kompliment, und ich entschuldigte mich dafür, daß ich mich gestern nicht um sie gekümmert hatte, sie möge mir das nachsehen.

– Ist in Ordnung, sagte sie, und wir telefonierten noch eine ganze Weile, sie engte mich wirklich nirgendwo ein, für sie hätte ich alles getan, freiwillig, ich fühlte mich befreit, ich war wieder voll und ganz für sie da.

Als ich aus dem Fenster sah, bemerkte ich, daß es geschneit hatte, bestimmt 15 cm hoch, alles war mit diesem unschuldigen, flockigen Zeug überzogen, wahrlich der erste Tag, an dem ich dreiundzwanzig war, fing gut an, unverkatert, voller Energie und in einem Weiß, das mich mal wieder an meine Kindheit erinnerte, es war eines der Wunder, die das Leben normalerweise nicht bereithielt.

Ich zog mich dick an, holte den Schlitten aus dem Keller und wachste die Kufen, das würde ein Heidenspaß werden. Man sagte zwar, daß in jedem Mann ein Kind steckt, aber manchmal war ich weit davon entfernt, überhaupt ein Mann zu sein. Esther war erst zwanzig, ihr würden Kindereien bestimmt auch gefallen. Ganz bestimmt. So entschloß ich mich, den Schlitten in den Kofferraum zu packen und Esther zu überraschen, es war Sonntag, ein paar Kinder lieferten sich auf der Straße eine Schneeballschlacht, ansonsten war nicht viel los, aber ich brauchte eine halbe Stunde, bis ich bei Esther war, ich versuchte, die Bremse nur anzuhauchen, da alles andere das sichere Aus bedeutet hätte.

Ich parkte den Wagen und rannte voller Vorfreude auf Esthers Haustür zu, fast hätte ich mich auf die Fresse gelegt, ich konnte es kaum erwarten.

– Hi, was willst du denn hier?

Ich keuchte und lachte dabei.

– Haste nicht Lust, mit mir Schlitten fahren zu gehen? Das ist der tollste Schnee seit Jahren ...

– Ehrlich gesagt, nicht so ...

Meine Laune war nicht mehr so gut wie vor ein paar Sekunden.

– Ach, komm schon, wer weiß, wann sich noch mal so eine Gelegenheit bietet.

– Ich will es aber nicht nur machen, weil die Gelegenheit gerade günstig ist, wenn, dann will ich es machen, weil ich Lust habe.

– Hast du denn zu was anderem Lust?

– Weiß ich nicht, aber ich glaube, ich will heute lieber alleine sein.

Sie hätte mir genausogut einen Pfahl durchs Herz bohren können. Ich schluckte es mühsam runter für mein erstes Magengeschwür, ich konnte sie zu nichts zwingen, ich bat sie zwar noch einige Male, es sich zu überlegen, aber es half nichts, sie hatte keine Lust auf mich.

Ich fuhr an dem Tag nicht Schlitten, ich fuhr wieder nach Hause, und nach zahllosen untätigen Stunden schnappte ich mir die Jonglierkeulen, die Nina mir geschenkt hatte und versuchte mich daran, um auf andere Gedanken zu kommen. Ich fand mich selber lächerlich, ich konnte das gut verstehen, was sie gesagt hatte, doch ich fühlte mich verletzt.

Das Jonglieren erforderte am Anfang sehr viel Konzentration, und tatsächlich gelang es mir, mich etwas besser zu fühlen, ich war dreiundzwanzig, es hatte geschneit, ich lernte Jonglieren mit Keulen, es war Sonntag, die Bilanz sah gar nicht so schlecht aus.

Auch an den nächsten fünf Tagen hatte Esther keine Lust, mich zu sehen, egal, wie sehr ich darum bat. Ich konnte ganz gut jonglieren, und in meinen hellen Momenten machte mir diese anmutige Gleichmäßigkeit der Bewegungen große Freude, doch die hellen Momente waren rar, ich wurde zum ersten Mal richtig sauer auf Esther. Wie konnte sie mich so vernachlässigen? Mich, der sich doch immer zwei Beine für sie ausriß, mich, der ich sie so liebte, daß ich ihr alles verzieh, der ich nicht mal sauer gewesen war, als sie für eine Woche verschwunden war, ich gab mir redlich Mühe, ihre Wünsche zu erfüllen, zeigte fast immer Verständnis, fünf Tage waren nicht die Welt, unter normalen Umständen wäre das okay gewesen, aber ich wollte sie doch unbedingt sehen.

Hätte ich vielleicht von Anfang an härter sein sollen? Wollten Frauen vielleicht wie ein Stück Dreck behandelt werden, oder mußte man ihnen das Hirn aus dem Kopf vögeln, damit sie einen liebten, was hatte ich nur falsch gemacht?

Ich ging nicht so weit zu glauben, daß das hier das Ende der Beziehung sein könnte. Ich nahm es als Phase, eine Phase, in der sie mir Qualen zufügte, und ich staunte, daß ein Mensch, der einem so nahestand, überhaupt zu so etwas fähig war, aber ich war nicht bereit, mich von ihr zu lösen, da war ein warmes Gefühl in mir, das glimmte, komme, was da wolle, und ich war noch nicht bereit, gegen dieses Gefühl anzukämpfen, bei der geringsten Krise die Waffen niederzustrecken und das Feld zu verlassen. Beschissen fühlte ich mich trotzdem. Ich blickte aus dem Fenster, und da fiel mir ein, daß Liebe möglicherweise genauso wie Schnee war. Sie kam unerwartet in zuerst nur kleinen, weichen Flocken und breitete dann eine große unbefleckte Decke aus, nach einiger Zeit bekam die Decke ein ganz eigenes Gesicht, mit frischen Fußstapfen von spielenden Kindern, jeder Zentimeter wurde auf wunderbare Weise unverkennbar gezeichnet, und es war alles großartig, bis die ersten Autos kamen und alles in einen braunschwarzen Matsch verwandelten, bis es taute.

Und dann, DANN gefror das Ganze über Nacht, und morgens hatte man ein armseliges Überbleibsel der weißen Decke, hart, grau und rutschig, verdammt rutschig.

Je länger ich darüber nachdachte, desto besser gefiel mir diese Idee, es war tiefste Nacht im Augenblick, und erst beim Morgengrauen würde ich erkennen können, ob ich recht gehabt hatte.

Meine Hand zuckte, auf magische Weise angezogen, in Richtung Telefon, ich konnte sie ja noch EIN MAL bitten, ich konnte sagen, daß es mir schlechtging, daß mich dieses: Nöö, keine Lust, fertigmachte. Ich konnte sie zum zwölften Mal anrufen, oder ich konnte warten, bis sie mich vermißte und von alleine kam, ich konnte kälter zu ihr sein, damit sie um mich kämpfte, oder ich konnte an die Decke starren und abwechselnd Flesheaters und Gun Club hören.

Ich schnappte mir die Keulen und versuchte mich an einem neuen Trick, es klappte mittlerweile fast perfekt, ich hatte viel Zeit zum Üben. Es gab da etwas auf der Welt, das ich im Griff hatte!

20

Als sie dann endlich mal wieder Lust hatte, nach zehn oder zwölf Tagen, war ich erleichtert, aber immer noch sauer auf sie, wie hatte sie mir das nur antun können? Wir küßten und streichelten uns, doch die Vertrautheit war weit weg, es war alles nur ein verzweifelter Versuch, und ich, ich wartete voll konzentriert darauf, daß sie EINEN Fehler machte, um über sie herzufallen, ich konnte ihr ja nicht vorwerfen, daß sie keine Lust gehabt hatte, das war ja vielleicht sogar normal? Oder war ich möglicherweise tatsächlich ein Arsch, jemand, der direkt beleidigt war, wenn er nicht im Mittelpunkt stand, jemand, der sich für etwas Besonderes hielt und auch so behandelt werden wollte?

Naja, sagte ich mir, selbst wenn es so war, Dichter haben eben ihre Macken, und sie vertrauen ihren Gefühlen, und meine Gefühle sagten mir, daß wir etwas verloren zu haben schienen.

Ich sagte es ihr, als wir uns etwa eine Stunde weitgehend angeschwiegen und Schmuseversuche unternommen hatten, ich redete mich in Rage, zum ersten Mal in meinem Leben bekam ich große Lust, eine Frau zu schlagen, ich brüllte sie an, zwanzig Minuten lang schrie ich unterbrochen, keifte sie an, einmal sank ich vor ihr auf die Knie, ich war am Ende, das eine half nichts und das andere auch nicht, ich war sauer, ich wollte die Nähe wieder zurück, und ich hatte nicht die geringste Idee, was ich tun sollte. Ich ließ mich von meiner Stimme mitreißen, achtete nicht mehr auf Esther, ich schrie, daß die Wände wackelten, egoistisches Arschloch, Parasit, Betrügerin, Sadistin, alles, was mir einfiel, ich ließ nichts aus. Irgendwann kommt der Punkt, da schlägt man zurück, da hält man nicht mehr die Fresse hin, irgendwo ist da die Grenze, und wer sie überschreitet, kriegt die volle Ladung ab.

Als ich endlich fertig war, sah ich ihre Tränen, das war das allererste Mal, daß ich sie weinen sah, haufenweise Tränen flossen völlig lautlos ihre Wangen runter, und das gab mir einen Stich.

– Ich wußte nicht ... ich wußte nicht, daß dir das so weh tun würde ... Ich bin nun mal so, Alex ... Ich muß das Gefühl haben, frei zu sein ... Hätte ich das gewußt ... Hätte ich das bloß gewußt, wie weh dir das tut ...

Am liebsten hätte ich alles zurückgenommen, ich setzte mich neben sie auf das Bett und legte meinen Arm um ihre Schulter.

– Schon gut, Esther, nicht weinen ... Es ist manchmal wirklich nicht ganz einfach ... Es sah so nach Absicht aus, weißt du...

Doch Esther beruhigte sich nicht, und jede ihrer Tränen brannte wie Feuer auf meinen Lippen, als ich versuchte, sie wegzuküssen. Alles, was jetzt zählte, war, daß ich meine wüsten Beschimpfungen halbwegs rückgängig machen konnte.

Ich fühlte mich völlig zerrissen, hätte ich alles runtergeschluckt, hätte ich mich schlecht gefühlt, und so war es auch beschissen, manchmal hat man eben gar nicht erst die Wahl zwischen gut und böse.

Es war nichts mehr zu machen an diesem Tag, wir trennten uns, meine Gefühle steckten in einem Vakuum, ich war innerlich gelähmt, und meine Wangen glühten, wir schritten Hand in Hand durch die Hölle, und wir schienen uns trotzdem aus den Augen zu verlieren.

Mein Kopf war rein und klar, meine Hirnwindungen waren geschmeidig, und ich sah, daß es nichts zu retten gab, wenn ich mich weiter so benahm. Also gab mein

Verstand die Richtung an, und ich kreuzte am nächsten Morgen mit einem riesigen Strauß Blumen und einem Paar witziger Socken mit Bierflaschenmuster und zwei Mano Negra-Karten bei Esther auf, wir blickten uns etwas betreten an, sie belächelte die Socken und deutete mit dem Kopf auf den gedeckten Tisch.

Beim Frühstück lockerte sich mit jedem Bissen die Stimmung, langsam, ganz langsam gelang es uns, den Zauber wieder einzufangen, langsam verschwand die Unsicherheit, und als ich fast schon satt war und die Hand nach dem Käse ausstreckte, streifte ich rein zufällig ihren Busen, ich konnte wirklich nichts dafür, sie lächelte mich vielversprechend an, und ehe drei Minuten vergangen waren, saß sie mit nackten Hintern auf der Spüle, und ich drang in sie ein. Mein einziger Gedanke war: – Jetzt hast du es geschafft, jetzt wird alles wieder gut.

Wir ließen uns viel Zeit, nach einer Viertelstunde legten wir uns aufs Bett, ich steckte bis zum Anschlag in Esther, und sie schlang ihre Beine um mich, wir drückten uns, bis uns die Luft wegblieb, und bewegten uns nur ganz langsam. Als es ihr nach zwei Ewigkeiten kam, schrie sie: – Ich liebe Dich, und ich ergoß mich in sie.

– Das war nicht böse gemeint, Alex, ich brauchte einfach nur ein paar Tage für mich, und als du dann so rumgebrüllt hast, wurde ich sauer und auch traurig, weißt du ... Für wen hält der sich eigentlich, habe ich gedacht, glaubt der etwa, er hat ein Recht auf mich, oder was? Ich kann so lange keine Lust haben, wie ich will. Auf einmal warst du wie ein Fremder, und ich hatte Angst, daß sich das nie mehr ändern würde ... Ich bin echt froh, daß du vorbeigekommen bist ...

Wir lagen noch im Bett, Esther hatte ihren Kopf an meine Brust gekuschelt, und ich streichelte ihre Haare, hörte ihr zu und überlegte mir, daß ich das nächste Mal anders reagieren würde, alles, aber auch alles, würde ich runterschlucken, das konnte nicht richtig sein, aber vielleicht war es das kleinere Übel.

Das zweite Mal hatten wir sehr wilden Sex, wir hätten jeden Preßlufthammer übertönt, ich stieß schnell und heftig, Esther biß mich in die Lippe, und ich zerquetschte fast ihren schönen Po. Auch das dritte, vierte und das fünfte Mal, nach Einbruch der Dunkelheit, waren so ähnlich, mein Rücken war zerkratzt, Esthers Hintern hatte blaue Flecken, meine Schulter war von Esthers Zähnen gezeichnet. Wir fühlten uns wund an, als wir gegen Mitternacht einschlummerten. Erschöpft von den vielen Orgasmen, beim letzten war nur noch ein matter Tropfen hervorgequollen, und vielleicht auch von der Belastung der letzten Tage, schlief ich so tief, wie seit Jahren nicht mehr.

Es roch nach Schweiß, Haarspray und Bier, unsere Brustkörbe vibrierten, ich hatte Esther von hinten umschlungen und schmiegte meinen Kopf an ihre Schulter, mein T-Shirt war naß und zerrissen, es war das erste Mal seit langer Zeit, daß ich weit vorne stand bei einem Konzert. Auf der Bühne waren sieben Leute, die augenscheinlich die Feste häufiger feierten, als sie fielen, sie beherrschten alles, was Spaß machte, und besaßen eine unglaubliche Schnelligkeit, die Halle war ausverkauft, und die monströse Kraft, die Mano Negra rüberbrachten, ergriff mich, ich sprang herum, bis ich nicht mehr konnte, und hielt mich dann eine Weile an Esther fest, um zu verschnaufen. Ich war der König, es gab nichts, das mich hätte stoppen können, zum ersten Mal in meinem Leben versuchte ich mich beim Stagediving und hatte einen Puls von 240, als ich wieder Boden unter den Füßen spürte.

Gegen Ende schob ich einmal meine Hände unter Esthers Bluse und streichelte ihren nassen, nackten Bauch, sie lächelte und freute sich die ganze Zeit, das verband einen doch, oder? Die guten Sachen, die allerbesten Sachen im Leben zu teilen, zusammen das Schönste zu erfahren, ein Konzert zu erleben wie einen Rausch.

Esther drehte sich um, ihre Haare waren naß, und der Schweiß tropfte von den Spitzen, sie sprang nicht herum wie ich, sie tanzte mehr auf der Stelle, aber das war bei der Luft eigentlich auch das Äußerste, was man sich erlauben konnte. Sie drückte ihre Lippen auf meine, unser Schweiß vermischte sich, und unsere Münder öffneten sich, ein Kuß wie ein Glücksversprechen, wir waren wieder stark und unbesiegbar.

Nach dem Konzert hatten wir dieses Fiepen in den Ohren, wir schrien uns an, das Licht brannte in den Augen, aus den Boxen dröhnte Madonna, sie wollten die Leute so schnell wie möglich verscheuchen. Wir waren erledigt, rauchten und tranken Wasser, wir fanden auch Henry und Judith wieder, die wir im Gedränge verloren hatten, meine Hände zitterten vor Anstrengung, meine Stimme versagte fast, und ich fiel Henry in die Arme, sein nackter, dürrer Oberkörper klebte an meinem Shirt, und meine Hände kniffen in seinen Arsch.

– ES GIBT NICHTS, WAS ES NICHT GIBT. LASST EUCH DAS EINE LEHRE SEIN.

Wir lachten, und ich faßte Henry unter den Achseln und hob ihn in die Luft. Worüber sollte man sich Sorgen machen, solange man so etwas noch erleben durfte?

Judith lenkte mich kurz ab, sie hatte einen sehr zierlichen, kantigen Körper, ihr T-Shirt war weiß, viel zu dünn und durchgeschwitzt, ich sah den kleinen Busen mit den riesigen dunklen Warzenhöfen, und ich hätte nie mehr woanders hingesehen, wenn ich mich nicht selbst daran erinnert hätte, daß es keine Frau gab, die es mit Esther aufnehmen konnte.

Wir waren alle noch viel zu aufgedreht, als daß jemand alleine in sein Bett gewollt hätte, also wurde beschlossen, daß wir bei Judith übernachten würden.

Ich habe eine besondere Vorliebe für Küchen. Eine Küche ist der Ort, wo all die Sachen aufbewahrt werden, die man so dringend zum Leben braucht, der Ort, an dem man sein Bier kühlt, voller Konzentration Delikatessen zubereitet, der Ort, an dem ich mit Esther so viel Schönes erlebt hatte, an dem wir jetzt, nach einem großartigen Konzert, nachts um halb zwölf noch Chili machten, lachten, feixten und die Kronkorken quer durch den Raum in den Mülleimer schnippten. Henry war so aufgedreht, daß er nicht nur in der Küche, sondern in der ganzen Wohnung rumtigerte, alles anfaßte, was ihm zwischen die Finger kam, und zu allem einen Kommentar abgab. Er war von einem unglaublichen Feuer beseelt. Judith hatte vor unser aller Augen ihr T-Shirt gewechselt, fast hätte ich die Hand ausgestreckt. Später streichelte Esther unter dem Tisch über meine Hosenknöpfe, Henry hatte den Teller in der Hand und aß im Stehen. Bis halb zwei war alles in bester Ordnung, wir waren satt und angetrunken, es roch nach Schweiß und Rauch, und Esther war unbemerkt unter die Knöpfe gelangt, das war der beste Abend seit langem, das war unschlagbar.

Wir schwebten über dem Boden, bis es an der Tür klingelte, alle blickten Judith fragend an, und sie zuckte mit den Achseln, setzte noch mal die Flasche an und stand dann auf, um den Summer zu drücken.

Henry lehnte sich an die Spüle, mein Penis schrumpfte, Esthers Hand hörte auf, sich zu bewegen, und es war mucksmäuschenstill, bis auf die Schritte im Trep-

penhaus. Wir hörten Judith: – Oh, hallo, sagen, als die Schritte näher kamen, und dann stand er auch schon in der Küche mit roten, kleinen Augen, Zigarette im Mundwinkel, völlig übernächtigt, aber irgendwie würdevoll.
– Na, haste deinen Führerschein noch, Alex?
– Ja ... ?
– Ich aber meinen nicht mehr!
Kai lachte wie über einen guten Witz, Henry fand die Sprache als erster wieder.
– Wie kommst du denn her? Komm erzähl, spann uns nicht auf die Folter wie Juckpulver, mach!
– War nicht schwer, euch zu finden ... Ich wußte einfach nicht, was ich tun sollte, als ich es erfahren habe.

Kai lächelte sein trauriges, erhabenes Lächeln.
– Hier vorne, fünfhundert Meter vor der Haustür, haben die Bullen mich drangekriegt, 1.26 geblasen ...
– WAS hast du erfahren, wovon redest du? fragte Esther.
Es entstand eine Pause, Kai lehnte sich an den Tisch, Judith, die die ganze Zeit hinter ihm gestanden hatte, steckte die Hände in die Hosentaschen und zog die Schultern hoch, Kai zündete sich noch eine Filterlose an, schluckte, Henry und ich kannten das, er wollte nicht die Spannung steigern, es machte ihm Schwierigkeiten, es rauszubringen, ich bekam Herzklopfen und eine Gänsehaut, so leicht war der Mann nicht zu beeindrucken, ich sah Henry an, er schwitzte, Kai schloß die Augen.
– Nina hat sich umgebracht.

21

Wochen später kam der Frühling und verwandelte alles wie eine neue Lackierung eine Harley. Nur hatte irgend jemand vergessen, die alte Farbe abzuschmirgeln.

Kai hatte eine ganze Zeit lang Schuldgefühle gehabt, er gab es nicht gern zu, aber es war so gewesen. Nina habe gegen Ende zwei Gramm am Tag geraucht und wahllos Tabletten eingeworfen, erzählte er, er habe sie nicht davon abbringen können.

– Sie war sehr schwach, ich glaube, sie brauchte jemanden, der sie liebte, oder jemanden, der sich wirklich ernsthaft um sie kümmerte, Alex, das war ich nicht, ich war nicht der Richtige für so etwas, ich habe es ihr von Anfang an gesagt. Schau mal Nina, habe ich gesagt, wir können eine gute Zeit miteinander haben, aber erwarte nichts von mir, ich kann dir nichts geben, außer vielleicht ein wenig Spaß, und sie war einverstanden, es ging okay mit ihr. Als es dann immer schlimmer wurde, hätte ich wohl mehr tun müssen... ich hab die Kurve nicht gekriegt ... die letzten zwei Wochen habe ich ihr viel gegeben ... alles, außer meiner Seele ... Sie hat gesagt, sie geht nach Marokko für ein paar Tage, ich habe sie ermutigt, ich dachte, das würde ihr guttun, sie hatte meinen Koffer mitgenommen, mit meinem Namen und meiner Adresse drauf, hat sich einfach 'nen Flug gebucht, ich hab ihr etwas Geld gegeben ... drei Tage später erfahr ich, daß sie sich erhängt hat in Tanger, sie hat ihren Ausweis verbrannt, sie konnten sie nicht sofort identifizieren, die riefen bei mir an ... Sie hat sich einfach ausgelöscht ... ich habe sofort ihre Eltern angerufen, die wußten's noch nicht. ICH HAB'S IHREN ELTERN GESAGT, OH, SCHEISSE ...

Das hatte er mir noch in der Nacht erzählt, er zog

mich in die Ecke und redete leise, Henry saß am Küchentisch, den Kopf in die Hände gestützt, und Tränen kullerten ihm still die Wangen herunter.

Esther und Judith saßen einfach nur da. Ich, ja vielleicht war ich schuld gewesen, ich, die unerfüllte Liebe, ich, der ich mich einen Scheiß um sie gekümmert hatte. Aber jeder ist für sein Leben selbst verantwortlich, wäre ich es nicht gewesen, jemand anders hätte sie abgewiesen, alles, was ich bisher gelernt habe, ist, daß man entweder stark genug ist, damit fertig zu werden, oder man gibt auf. Und beim Aufgeben spielt der Zeitpunkt keine Rolle.

Andererseits, ein paar nette Worte von mir, und sie wäre möglicherweise über den Berg gewesen, für die nächsten sechzig Jahre, aber keiner, verdammt noch mal keiner, konnte mir die Schuld dafür in die Schuhe schieben, es war ihre freie Entscheidung gewesen.

Henry war traurig, todtraurig. – Man hätte ihr helfen können, sagte er und meinte niemand bestimmten, er meinte, so kalt sei die Welt doch nicht, und es habe genug Menschen gegeben, denen sie etwas wert gewesen war. Henry wollte die Zeit zurückdrehen, um diesmal alles richtig zu machen, Henry wollte nicht wahrhaben, was passiert war.

Esther hatte Nina nie besonders gemocht, aber auch sie war erschüttert.

– Wie kannst du nur so cool bleiben? hatte sie mich gefragt.

Bis zu den ersten freundlichen Tagen waren wir unsere Gefühle, die mit dieser Sache zusammenhingen, nicht losgeworden, Kai schrieb mir alle paar Tage aus München, Henry wirkte oft nachdenklich, ich versuchte, auch meine allerletzten Zweifel zu vergessen, und als dann die Sonne schien, kam mir das unwirklich vor, sie schien, als ob es nicht jeden Tag Tausende ähnlicher elender Vorkommnisse auf diesem Müllplatz von Planeten gäbe, die Sonne kümmerte sich nicht um die Probleme des einzelnen. Niemand kümmerte sich darum.

Der Frühling kam nicht wie sonst, er brach aus, urplötzlich, innerhalb einer Woche war alles grün, Esther blühte auf, und als sie mich eines Nachmittags anlächelte und fragte, ob wir ins Kino gehen sollten, gab es auf einmal nichts, das ich lieber getan hätte. Wir hatten schon lange nicht mehr richtig gelacht, wir hatten Glück, wir erwischten Karniggels, und das war mehr, als ich erhofft hatte.

Wir traten befreit in die milde Abendluft, alles schien friedlich, schweigend bummelten wir eng umschlungen durch die Straßen, völlig ziellos, da war ein stilles Verständnis, wir wollten beide noch nicht nach Hause.

Mein Kopf war leer, ich spürte Esther neben mir, die Luft an meiner Nase, ich hörte Autos und Gesprächsfetzen, fühlte die Stiefel an meinen Füßen und den Rauch in meiner Lunge, doch ich dachte an nichts, es war ein mystischer Zustand, eine Art Nirwana, wie ich es sonst nur mit Alkohol erreichte. Esther hat sehr viel von dem alten Gift aus mir rausgeholt, dachte ich einige Tage später, ich habe mich mehr verändert, als ich es für möglich gehalten hätte, die Bitterkeit war fast verschwunden.

– Was glaubst du, warum hat sie es getan?

Es war mittlerweile stockdunkel, und die Luft war kühler geworden, wir mußten ungefähr eine Stunde so durch die Straßen gegangen sein, mein Hirn sprang sofort an, es kam mir erholt und ruhig vor.

– Ich weiß es nicht. Die meisten tun es aus Angst. Sie haben mehr Angst vor dem Weiterleben als vor dem Sterben. Ein paar tun es, glaube ich, auch aus Kompromißlosigkeit, sie glauben so fest an eine Sache, daß sie sterben möchten, wenn sie die Sache nicht verwirklichen können. Sie stehen voll und ganz dahinter. Mit ihrem Leben.

– Kannst du dir vorstellen, daß du auch so hinter einer Sache stehen würdest?

– Ne, ich meine, ich bin einfach noch nicht sicher, ob oder ob nicht, ich konnte mich noch nicht entscheiden.

Esther wirkte auf einmal ein wenig traurig, soweit ich das beurteilen konnte, hatte sie genug Distanz zu der ganzen Sache, irgend etwas beunruhigte sie, und ich konnte mir nicht vorstellen, was.

– Und du glaubst, bei Nina war es Angst?

– Das kann ich nicht sagen, Drogen können Depressionen verstärken. Vielleicht war der momentane Kummer mehr, als sie ertragen konnte, vielleicht hätte die Welt für sie in sechs Wochen ganz anders ausgesehen. Weißt du, umbringen kann man sich ja immer noch, vielleicht sollte man einfach ein halbes Jahr warten und dann erst ... Aber irgendwie übersteigt dieses elende Warten deine Kraft, kein Mensch will warten auf das Leben, keiner will zu Hause sitzen und den ganzen Tag denken: – Jetzt müßte es bald mal anfangen, das richtige Leben, bald müßte es losgehen, zack, wosch, keiner hat Lust, zu warten, daß bessere Zeiten kommen, oft glaubt man, den Rest seines Lebens in dieser Talsohle verbringen zu müssen. Natürlich klappt das nicht, wenn man sich in eine Ecke setzt und wartet, es liegt an dir selbst, etwas zu tun, nur du kannst dich da rausziehen.

– Wenn du aber keine Kraft hast, etwas zu tun?

Meine Augen füllten sich mit Tränen, ja, was, wenn man keine Kraft mehr hatte, müde, ausgelaugt und resigniert war? Ganz alleine war man manchmal zu schwach, ganz alleine war dieses Leben eines der schwersten, man brauchte einen Freund und wenn es nur ein Song war, ab und an mußte man sich vielleicht an irgend etwas klammern, das lebendig erschien, und sich ausruhen, ab und an mußte man sich ausheulen zwischen den Seiten eines Gedichtbandes oder bestenfalls in den Armen einer Frau.

– Dann kann man nur noch hoffen, daß einem geholfen wird.
– Und du hast immer genug Kraft?
– Fast immer. Ab und an braucht jeder ...
– Aber du läßt dir auch nicht gerne helfen, oder?
– Ach Esther, ich ...

Meine Mundwinkel verzogen sich nach unten, aber meine Stimme blieb normal.

– ... ich, ich verlaß mich nicht gerne darauf, daß da jemand ist, der mir hilft. Wenn es hart auf hart kommt, kannst du dich auf niemanden in dieser Welt verlassen, außer vielleicht auf dich selbst ... Du erwartest von anderen, daß sie dir helfen?
– Ja, eigentlich schon ...
– Siehst du, und wenn sie es nicht tun, bist du maßlos enttäuscht. Die Welt bietet dir nichts, keinerlei Garantie.

Es entstand eine Pause, in der Esther sehr nachdenklich aussah, wir gingen in Richtung Hauptbahnhof.

– Ja, das kommt hin, Nina wollte auch etwas, das sie nicht bekommen hat ... Aber was glaubst du, woran kann man erkennen, ob das, was man will, realistisch ist oder nicht?
– Ich weiß es nicht, antwortete ich.
– Ich denke, man wird auf Dauer sehr unglücklich, wenn man nicht so lebt, wie man es am liebsten tun würde, aber manchmal ist es schwer, aus festgefahrenen Situationen auszubrechen. Es fehlt einem der Mut. Würdest du Menschen, die dir sehr nahestehen, verletzen können, wenn es unvermeidbar wäre für dein Glück?

Ihre Stimme klang seltsam.

– Kommt darauf an, meistens schon, schätze ich.

– Träumst du nicht auch manchmal davon, wie großartig alles sein könnte, noch besser, noch schöner, wie dir alles gelingen würde?

– Ne, ich versuche gar nicht mehr, zu träumen. Ich versuche zu leben.

Esther sah jetzt sehr deprimiert aus, wir standen vor dem Bahnhof und blickten uns an, es gibt Sachen, die verbrennen einem die Seele. Außer Esthers dunklen todtraurigen Augen fiel mir nichts auf, ich goß Gedichtzeilen aus meinem Gedächtnis ins Feuer, und es zischte und prasselte.

Guess the dreams always end, they don't rise up just descend, but I don't care anymore, I've lost the will to want more, I'm not afraid – not at all, I watch them all as they fall, but I remember when we were young.

Ein halbes Leben November ist besser als gar keins.

Ich mag diesen Taxifahrer
der durch die dunklen Straßen
Tokios rast
als hätte das Leben keinen Sinn
Mir ist genauso zumute.

– Was murmelst du da vor dich hin?

– Ach, nur ein paar Mantras und Voodoosprüche, um das Unheil abzuwenden.

– WELCHES UNHEIL?

– Daß gleich jemand kommt und nach dem Preis fragt!

22

Natürlich war es Henry, der die Idee hatte, nach Prag zu fahren.

– Komm, sagte er, laß uns ins Auto steigen, du, Esther und ich, dann holen wir Kai ab, und jeder kauft sich für vier Mark eine Alkoholvergiftung.

Das Wetter wurde immer besser, und Henry war nicht der einzige, der seinen Tatendrang nicht bremsen konnte, Esther bekam Farbe im Gesicht, und die Frühlingsgefühle stiegen ihr nicht nur in den Kopf, sie war praktisch ständig feucht, sie zog mich blitzschnell aus, nahm meinen Penis und steckte ihn sich ohne langes Vorspiel einfach rein, ich hatte früher zu solchen Phantasien gewichst, es war einfach großartig. Esther übernahm das Kommando, kaum war ich durch die Tür, schon drang ich in sie ein, im Flur, in der Küche, vor dem Badezimmerspiegel, zwei-, dreimal am Tag, nur einige Male blieb eben ein schaler Nachgeschmack, von ihr nichts bekommen zu haben außer 12 cm^2 Fleisch, außer ihrer Fotze. Ich wußte nicht, woran es lag, aber ich machte meinen Mund nicht auf, wahrscheinlich verlangte ich zuviel, man mußte Sachen einfach laufen lassen, man brauchte keine unnötigen Komplikationen einzubauen. Das passierte mir doch auch schon mal, daß ich nur auf's Bumsen aus war, aber ich hatte oft für Sex kämpfen müssen. Die Stimmung mußte richtig sein, das Licht nicht zu grell, es durfte vorher kein ernstes Thema erörtert worden sein, und noch viele Sachen mehr. Ich hatte mich in der Position eines Dirigenten gefühlt, der zugleich alle Instrumente spielt. Eine Kleinigkeit konnte das ganze Konzert zu einem Reinfall werden lassen. Jetzt war ich nur noch Zuhörer, und diese Rolle gefiel mir sehr gut.

Es war zwei Wochen vor unserem Reisetermin, doch Kai war nicht zu erreichen. Wir wollten nicht einfach bei ihm aufkreuzen und sagen: -- Los geht's, er mußte wahrscheinlich Urlaub nehmen, Unterhosen einpacken und so Dinge.

Erst am Abend des vierten Tages vergeblicher Telefoniererei kam ich endlich auf die Idee, einen seiner Freunde anzurufen. Ja, manchmal war ich etwas langsam. In zehn Tagen wollten wir los, Henry hatte sich freigenommen, und Esther und ich hatten Semesterferien. Während ich jedoch noch ein wenig Geld auf dem Konto hatte, kellnerte Esther ziemlich oft, sie mußte sich auch Urlaub nehmen, alles war fest geplant, und im Notfall wären wir auch ohne Kai gefahren, aber eben nur im Notfall. Ralf, Kais Freund, war zu Hause, und ich erzählte die Sache mit Prag und daß wir Kai Bescheid sagen wollten. Er druckste ein wenig herum und rückte dann raus mit der Sprache, Kai war übel verprügelt worden, er lag seit ein paar Tagen im Krankenhaus, ein Arm gebrochen, Jochbein gebrochen, Kiefer angeknackst, Rippenprellungen ohne Ende.

Chinaböller Extra explodierten in meinen Knochen, ich schaffte es gerade noch, Ralf nach dem Krankenhaus zu fragen, und legte auf. Ich konnte an nichts denken, ich schrie so laut ich konnte, ich schrie, bis meine Rippen schmerzten, Tarzan hätte sich neben mir wie ein Taubstummer ausgenommen. Ich werde sie kriegen und fertigmachen, ich werde sie bei den Haaren packen und mit dem Kopf gegen die Wand schleudern, daß die Knochen splittern und ihr Brustbein eindrücken, diese Idioten sind dem Tod geweiht, meine Rache wird schrecklich sein.

Ich kramte meinen Baseballschläger hervor und das Butterflymesser, ich konnte halbwegs mit diesen Dingern umgehen, hoffte ich, ich hatte sie nie benutzt. Der Terminator war eine halbe Portion gegen mich, ich nahm meine Ministrykassette und setzte mich ins Auto, ich vergaß sogar, Henry Bescheid zu sagen, Rache, morgen früh war der Tag der Abrechnung, morgen früh würde München einen Terror erleben, wie es ihn seit 72 nicht mehr gesehen hatte. HÜTET EUCH, IHR HURENSÖHNE, EURE LETZTEN STUNDEN SIND IN SICHT.

Ich fuhr Vollgas, die Autobahn war zum Glück frei, ich stieß die wüstesten Drohungen und Verwünschungen aus, bis ich heiser wurde, ich malte mir aus, wie ich diese Schwanzlutscher fertigmachen würde, ich würde nichts, aber auch gar nichts einstecken, ich würde austeilen, als hätte ich mit Mike Tyson in der Wiege gelegen und ihn später im Kindergarten jeden Tag verprügelt.

Das ging bis Frankfurt so, dann blieb mir die Stimme weg, und meine Wut verpuffte auf den Straßen, es war kurz nach Mitternacht, und ich wurde müde, ich hatte die letzten Nächte aus unerklärlichen Gründen schlecht geschlafen, ich versuchte vergeblich, das Gaspedal durch den Boden zu treten, mein rechter Oberschenkel war stahlhart, meine Muskulatur war verkrampft, mein Nacken schmerzte, und mit jedem Kilometer fühlte ich mich müder und fertiger, nur der Wagen gab keinen Mucks von sich, er schien zu merken, worum es ging, eigentlich fuhr er von allein, ich war zu geschafft.

Fünfzig Kilometer fehlten mir noch, doch wenn ich nicht Selbstmord begehen wollte, mußte ich ein wenig schlafen, es war drei oder vier Uhr nachts, seit einiger Zeit fielen mir die Augen zu, und mein Kopf knickte immer wieder weg, da half es nichts, daß ich Atemübungen machte, mir in die Unterarme biß oder den Finger an den Zigarettenanzünder hielt, das gab nur eine Blase und schmerzte, aber wach wurde ich davon nicht. Ich hatte nicht die geringste Lust, in den Leitplanken zu enden, also steuerte ich die nächste Raststätte an.

Esther hatte einen guten Einfluß auf mich, seit wir zusammen waren, trank ich ab und zu etwas, aber ich kiffte kaum, und auch das mit den Amphetaminen hatte ich sein lassen, was ich jetzt ein wenig bereute. Nicht, daß Esther etwas gegen die Sachen gehabt hätte, ich verspürte meistens gar kein Bedürfnis, mich irgendwie zu bedröhnen.

Auf dem Rastplatz legte ich den Sitz zurück und knackte sofort weg, es war wie eine Erlösung, es war ein Gefühl, als sei man seit sechseinhalb Stunden mit platzender Blase durch die Gegend gerannt, und endlich konnte man sein Wasser abschlagen. Ob ich jetzt schlief oder nicht, sie würden mir sowieso nicht entkommen, ich würde sie bis über den Tod hinaus verfolgen, bis in die heißesten Einzelzimmer der Hölle.

Ich hatte einen Alptraum, ich war siebzehn und hatte zum ersten Mal in meinem Leben den Mut gefunden, in einer Disco eine Frau anzusprechen, mein Herz klopfte wie die Polizei mit einem Durchsuchungsbefehl in der Hand, sie war älter als ich, und sehr schnell wurde mir klar, daß sie mit mir schlafen wollte, ich solle mit zu ihr kommen und mir keine Sorgen machen, sie nehme die Pille. Die Frau knutschte mich ab und lächelte vielversprechend, ich hatte einen Ständer fast bis zum Kinn, ich betete, daß es mir nicht in die Hose gehen würde, doch das Mädchen, das kohlenschwarze Augen hatte, verschwand immer wieder auf die Damentoilette oder sonstwohin, ich hatte meine Jacke schon an, aber wir schafften es nicht, zusammen rauszugehen, ich verlor sie im Gewühl und bekam Panik, diese Chance durfte ich mir nicht entgehen lassen, das erste Mal mit einer Frau schlafen, ficken, endlich! Mein Penis schien überall anzustoßen, wenn ich mich an irgendwem vorbeidrängelte und er dabei an einen Frauenhintern stieß, wurde mir ganz warm, und ich mußte stehenbleiben und mich entspannen.

Es war heiß und stickig in dem Laden, die Nebelmaschine lief, meine Augen tränten, es war die Hölle. Als wir es endlich geschafft hatten, den Laden zu verlassen, war es höchste Zeit für die letzte Bahn, wir liefen in Richtung Haltestelle und sahen die Bahn, wie sie bereits die Türen schloß, sie legte noch etwas zu und rannte vor, ich konnte beim besten Willen nicht Schritt halten, und ich bemerkte, daß alle Leute mich anstarrten. Ich sah an mir herunter. Ich war nackt. Meine Erektion fiel zusammen, das Blut schoß mir in den Kopf. Ich glühte. Ich blieb stehen. Ich wünschte mich weit weg. Ich schämte mich zu Tode. Es bildete sich ein Kreis von Menschen, die wild auf mich einredeten, die Bahn fuhr ab, und ich brach in Tränen aus.

Schluchzend wachte ich auf, ich war naßgeschwitzt, ich fuhr mir durch die Haare, die Sonne war bereits aufgegangen, ich fühlte mich beschissen, aber halbwegs ausgeruht, ich griff nach der Packung und zündete mir eine Zigarette an, ich fummelte am Radio, ich brauchte was Ruhiges. Ich habe nichts dagegen, gejagt, gehetzt, gefoltert oder überfahren zu werden, aber ich hasse es, wenn ich in meinem Traum anfange zu weinen, nicht weil ich das an sich so schlimm finde, im normalen Leben habe ich wenig Probleme damit, aber im Traum, wenn ich im Traum weine, schrumpfen mir vor Unwohlsein die Eier.

– Ich war eigentlich selbst schuld, ich hatte halt ziemlich was getrunken, ich war etwas laut und habe auch Streit gesucht ... da gerat ich halt an diesen Kerl, rempel ihn auf dem Weg zum Klo an, und er sagt gleich: – Gehn wir raus, oder was?, ich nicke nur cool ... Er war 'nen halben Kopf größer als ich und vielleicht zehn Kilo schwerer, ich packe ihn draußen am Kragen, knalle ihn mit dem

Rücken gegen die Wand und geb ihm 'ne Kopfnuß, der hat sofort aus der Nase geblutet, ich hab dann einfach abgelassen, ich dachte, das war's schon, er rührte sich nicht, ich will wieder reingehen, drehe mich halb um, da knallt der mir eine Gerade unters Auge, ich war zu betrunken, ich hab die Faust nicht kommen sehen, naja, ich lag auf dem Rücken, und auf einmal waren's drei, und dann bin ich hier wieder zu mir gekommen ...

Ich saß auf der Bettkante, Kai hatte tatsächlich den rechten Arm in Gips, sein Gesicht hätte jedem besseren Regenbogen Konkurrenz machen können, das linke Auge war auch jetzt noch fast ganz zugeschwollen.

Er hatte sich wohl nicht gut gefühlt, sonst geht er nämlich nicht alleine in eine Kneipe und besäuft sich. Er hat diese Tendenz, das Schicksal herauszufordern, wenn es ihm schlechtgeht, er hält beide Wangen hin und wartet ab, was passiert, wenn alles voller Scheiße ist, reitet er hinein, bis sie seine Augenbrauen erreicht, ich kenne das nur zu gut, irgendwo steckt da etwas und bringt einen dazu, möglichst alles zu verkacken, tausend mittelgroße Tode zu sterben. Er sagte nichts, aber es war klar, daß er sich immer noch wegen Nina schlecht fühlte, aber irgendwo hatte er auch eine sehr würdevolle Art zu verlieren, er hatte diese Art zu verlieren, die einen glauben läßt, das ist jemand, der mit einem Grinsen in die Hölle marschieren und die Aufseherteufel mit seinem ständigen Gepfeife um den letzten Nerv bringen wird.

– Die kriege ich alle einzeln, Kai, und ich breche ihnen die Beine und reiße ihre Kehlköpfe raus.

– Laß mal gut sein, Alex, ich war selbst schuld, es lohnt sich nicht ... irgendwie habe ich mich da reingeritten... Ich hasse Krankenhäuser.

– Wie lange bist'n noch hier?

– Noch 'ne Woche oder so!

– Und das mit dem Jochbein? Ralf meinte, es wäre gebrochen und eingedrückt.

– Das haben sie unter Vollnarkose gerichtet, ich soll später besser aussehen als vorher. Du bist wohl immer da, wenn es schiefläuft. Als mit Gloria Schluß war, bist du auch sofort losgefahren.

– Als mit Gloria Schluß war ... Sie hat dich ganz übel abserviert, es war nicht einfach Schluß. Sie hat dein Herz zerquetscht, nicht gebrochen.

– Vergiß es, Alex, das ist schon so lange her. Keiner sollte sich beschweren, wenn er gegen einen Laternenpfahl rennt. Augen auf beim Plattenkauf, wie Henry immer sagt.

– Die Frau ist erst so gut zu dir, dann betrügt sie dich, dann redet sie hinter deinem Rücken schlecht über dich, und als sie weiß, daß sie bald Schluß machen wird, leiht sie sich noch mal tausend Mark von dir. Und du forderst sie noch nicht einmal zurück.

– Sie ist es nicht wert, daß man wegen so einer Summe hinter ihr herrennt. Ich hab's falsch gemacht, ich habe fast vier Jahre blind gelebt. Wir waren ja erst sechzehn, als es anfing, da macht man schnell Fehler, aber deshalb ist doch nicht mein ganzes Leben zum Teufel.

– Das könnte ich nicht so abtun.

– Du würdest es nicht wollen, du KÖNNTEST genau so wie ich. Du nimmst so was nur gerne als Entschuldigung für andere Sachen.

– Das stimmt nicht, ich habe nur länger an solchen Geschichten zu knabbern. Das ist eben eine Typfrage.

– Vielleicht hast du ja sogar recht.

Kai gab mir seinen Wohnungsschlüssel, und ich lernte in den fünf Tagen, die ich dort blieb, das Summen des Kühlschranks, das Knarren der Dielen, das Ächzen der

Stühle, das Blubbern der Kaffeemaschine kennen, wir wurden gute Freunde, Kais Wohnung und ich. Ich besuchte Kai jeden Tag mehrere Stunden lang, und abends ging ich in die Kneipe, in der das Ganze passiert war, aber es tauchte niemand auf, der nur annähernd auf die Beschreibung paßte, die ich aus Kai rausgequetscht hatte, und je mehr Zeit verging, desto schwächer wurde mein Haß, am letzten Abend ging ich in die Kneipe wie früher zu Mathe, mit einer gewissen Abscheu und der Gewißheit, daß ich mich langweilen würde.

Am nächsten Morgen schaute ich noch mal bei Kai vorbei, ich hatte ihm einen tragbaren CD-Player und ein paar CDs gekauft und auch noch ein paar Pornohefte, schließlich war er Rechtshänder.

23

Natürlich hatte ich Esther jeden Tag aus München angerufen, ihr erklärt, warum ich gefahren war, ohne vorher Bescheid zu sagen, ich hatte die Telefonate möglichst kurz gehalten, um Kais Rechnung nicht unnötig zu belasten.

Es war gegen Abend, als ich in Köln ankam, die Sonne hatte den ganzen Tag geschienen, ich war gut gelaunt, es hatte unterwegs keine Staus gegeben, ich war wieder Vollgas gefahren, dieses Mal weil ich mich auf Esther freute. Die Sonne verfärbte sich, sie sah aus wie ein orangefarbener Flummi, das Blut pochte in meinen Schläfen, als ich das Auto abschloß, und nicht nur in meinen Schläfen. Esther, ich komme!

Ich weiß nicht, was mich damals dazu bewog, aber

im Nachhinein bin ich froh, daß ich zuerst zu mir und nicht zu ihr fuhr.

– Hallo?
Ihre Stimme klang weich und nach guter Laune, sie wußte nicht, daß ich zurück war.
– Hallo mein Goldstück, rat mal, wo ich bin! ... Damit hast du nicht gerechnet, wa?
– Ne. Alex ... Alex ... es is ...
Mir wurde heiß, ich war lange genug mit ihr zusammen, um jetzt erkennen zu können, daß irgend etwas ABSOLUT NICHT STIMMTE.
– Alex ... es ist was passiert ... ich muß mit dir reden ...
Ich muß mit dir reden, ein Blitz schlug in meinem Magen ein, ich wußte alles, was jetzt kam, ich hatte keine Chance, in Deckung zu gehen, ich muß mit dir reden, ich hörte den Satz nicht zum ersten Mal, ich war beileibe kein Anfänger in solchen Dingen, ich hätte auflegen können, es hätte nichts geändert, ich fühlte mich innerlich betäubt. Es kamen aber keine Tränen, und ich hatte noch Hoffnung, Hoffnung, daß ich ganz falsch lag.
– Alex, können wir uns treffen?
– Sag, was du mir sagen willst!
– Das geht nicht am Telefon.
– Jetzt sag einfach!
– Sollen wir uns nicht lieber treffen?
– Nein. Jetzt mach! Bitte!
– Ich will ... ich möchte nicht mehr mit dir zusammen sein.
– Warum, sag mir warum!
– ...
– Ist es wegen jemand anders, ja? Scheiße, ich glaub das nicht, das ist nicht wahr, sag mir warum! ... Jetzt schweig nicht! Das macht's nur schwerer! WARUM?

Sie fing an zu weinen, mein Hirn setzte aus. Wenn es eine Ursache gegeben hätte, wenn es wenigstens wegen jemand anderem gewesen wäre, hätte ich kämpfen können, aber einfach so, ohne einen handfesten Grund, da konnte man nichts gegen tun, einen unsichtbaren Gegner kriegt man nicht zwischen die Finger, ich wollte wissen warum, damit ich mich dem stellen konnte.

– WARUM SAG MIR BITTE WARUM!
– Es ist ... es ... esistwegenHenry ...

Ich ließ den Hörer fallen, er baumelte an der Schnur, mein Knochenmark glühte, mein Magen verkrampfte sich bis zum Kehlkopf, meine Knie zitterten, mir wurde schwarz vor Augen, ich hielt mich an der Wand fest, um nicht der Länge nach hinzuschlagen. Als ich wieder etwas sah, hockte ich mich mit dem Rücken gegen die Wand, mein Kopf war leer, ich wußte nicht, was ich jetzt tun sollte, ich konnte nicht glauben, was passiert war, ich konnte nicht glauben, daß das die Realität sein sollte, ich wünschte mir, das Bewußtsein zu verlieren, klack, und dann irgendwann aufzuwachen, irgendwoanders, hier gab es nichts, nichts zu fühlen, nichts zu denken, gar nichts, ich war jetzt alt und müde, und schon das Atmen schmerzte.

Einige Jahrhunderte waren vergangen, als es an der Tür klingelte, ich schwitzte, wie man normalerweise nur in schwülen, endlosen Sommernächten schwitzt. Vielleicht war es schwül, auf jeden Fall war es dunkel. Mechanisch stand ich auf und öffnete die Tür, ich konnte mir keine Gedanken darüber machen, wer da wohl käme. Ich war verbrannt. Oder erfroren. Ich wußte es nicht, es war alles taub. Henry kam die Treppen hochgestürmt, er hatte Tränen in den Augen, er fing sofort an zu reden, sobald er in Hörweite war, es war ihm nicht leichtgefallen, hierher zu kommen, das war klar.

– Alex, Alex, ich flehe dich an, verfluch mich nicht, ich komme dir jetzt nicht mit beschissenen Sprüchen, Alex, du bist mein Freund, du kriegst die volle Wahrheit von mir, egal, was danach ist.

Er holte tief Luft, wischte sich zwei Tränen aus den Augen.

– Wir waren zusammen einen trinken, nachdem du weg warst, Alex, nach zwei Bier sehen wir uns in die Augen, und es macht Klick, und wir fallen uns in die Arme, ich dachte, ich denke, das ist DIE Frau, die eine, die einzige ... die einzige, die ich wirklich will, die einzige, mit der ich glücklich werden kann. Ich wollte dich nicht hintergehen, ich wollte nicht meinem besten Freund die Frau wegnehmen, nur weil ich gerade Lust dazu hatte ... Ich liebe Esther, wie ich noch nie jemanden zuvor geliebt habe ... und es war ihre freie Entscheidung, ich hab nicht versucht, sie zu beeinflussen, ich will kein Salz in deine Wunden streuen Alex, aber ... aber wir hatten es sehr gut die letzten Tage, es knisterte schon eine Weile zwischen Esther und mir, nur ist mir das nicht so aufgegangen. Alex, es tut mir so leid, ich komme mir vor wie ein Schwein ... Ich glaube aber, daß es das beste für mich ist. Für sie vielleicht auch. Ich bin kein Märtyrer, ich hätte nicht die ganze Zeit still vor mich hin leiden können, Esther hat mich schon immer fasziniert. Wenn ich eine Möglichkeit sehe, glücklich zu sein, nutze ich sie ... Esther hat gesagt, in letzter Zeit sei sie nicht immer zufrieden gewesen. Alex, sag doch was. Alex, ich hab sie nicht verführt oder so, ich mußte doch nicht unglücklich sein, oder? Ich bin verliebt, ich mußte es doch versuchen, ich konnte nicht die Hände in den Schoß legen ... Schlag mich, tritt mich, MACH DOCH IRGEND ETWAS, MANN ... Glaub mit bitte, ich hab's mir nicht einfach gemacht, ich habe bisher noch nicht mal ihren

nackten Busen berührt, ich komme mir so gemein vor.
ALEX, BITTE.

Ich hängte das Telefon ein und blickte in den Spiegel, der Mann hatte immer noch eine gesunde Gesichtsfarbe, seltsam.
– Ist schon gut, laß mich bitte alleine, mach, was du willst, laß mich nur alleine.
– Bitte. Glaub mir, es tut mir leid, und ich würde gerne dein Freund bleiben, wenn es geht ... Ich wünschte, es wäre eine andere gewesen, Judith oder so, aber das kann man sich wohl nicht aussuchen. Gefühle können sich doch nicht irren, oder?
– Schon gut, geh jetzt bitte!
– Sag doch was dazu!
– Ich weiß nichts, geh einfach Henry, laß mir Zeit!
– Hmm, brummte er und schlug mit der Faust gegen die Wand, er ging raus und knallte die Tür zu.

Ich überlegte nicht, wer mir Valium besorgen könnte, ich griff noch nicht mal nach der Tequilaflasche, ich wußte nicht, wo ich anfangen oder aufhören sollte, alles erschien mir so sinnlos. Ich legte mich auf mein Bett und wartete, wartete auf den Schmerz, wartete auf meine Gefühle, Bilder zogen in meinem Kopf umher wie Kinder, die sich verlaufen haben, Esthers Augen, Henrys Hand auf ihrem Oberschenkel, ihr Lächeln, ihre feucht glänzenden Schamlippen, die Wölbung ihrer Schlüsselbeine, das Mano-Negra-Konzert, Judiths Busen, Esther an der Autobahnauffahrt, Sahne auf Kais Brille, eine Flasche Wild Turkey, Sonjas neuer Freund, ich bekam keine Ordnung in die Bilder. Sie ließen sich nicht fassen oder nach einem bestimmten Muster anordnen, mein Hirn schien sich in meinem Schädel zu drehen wie ein Kreisel.

Mit der Morgendämmerung wachte ich aus einem

seichten Schlaf auf, und kaum, daß ich die Augen aufhatte, liefen mir die Tränen. Was ist das nur für eine Welt? Die einzige Frau, die ich liebe, bekomme ich nicht, und eine andere Frau kann ich nicht lieben. Wofür? Am Ende stirbst du, und was bleibt schon? Und dann ausgerechnet mit Henry. Manchmal ist das Ganze viel zu kompliziert, manchmal steht man an der Kasse und muß für jedes bißchen Glück einen viel zu hohen Preis zahlen, es lohnt sich einfach nicht, ich habe keine Lust mehr. Sie saugen dich aus und lassen dich einsam und gebrochen zurück, du gibst ihnen alles, und am Ende stehst du wieder alleine da, noch eine Wunde reicher, noch ein bißchen zynischer, noch einsamer als vorher, alles geht immer nur den Bach runter, und die Liebe ist aus deinen Fingern gerutscht und in den Gulli gefallen. Was sollte das Leben überhaupt für einen Sinn haben, wenn es keine Gerechtigkeit gab? MEIN GOTT, WARUM SOLL ICH IMMER WIEDER IN DEN KAMPF ZIEHEN, WENN ICH SOWIESO IMMER VERLIEREN MUSS?

Esther, weißt du, was du mir angetan hast, Esther, weißt du, was für ein Gefühl das ist, jeden Morgen mit Tränen in den Augen aufzuwachen, monatelang nur betrogen worden zu sein? Esther, ich halt's nicht aus, es tut so weh, es tut so weh in mir drin, Esther komm zurück in mein Leben, ich flehe dich an, ich knie vor dir nieder, laß es uns versuchen, noch eine allerletzte Chance, gib mir eine allerletzte Chance, ich werde alles tun, was du willst, Esther, liebste Esther, tu mir das nicht an, bitte geh nicht fort von mir, laß mich nicht allein in dieser kalten Welt, ich bin kein Stein, ich kann nicht Felsen, Bäume und Bäche lieben, ich liebe nur dich, oh, bitte, ich weiß nicht, was ich tun soll, ich fühle mich einsamer als die Schnecke, die ihr Haus auf dem Rücken trägt. Wir waren darüber hinaus, wofür es noch Worte gibt, Esther, und jetzt bin ich auch darüber hinaus, der Schmerz hat eine ganz eigene Sprache, und ich kenne sie trotz allem nicht.

Warum mußte mir das passieren, warum immer mir, warum habe ich noch nie eine Frau verlassen, warum scheine ich immer mit dem Kopf gegen die Wand zu rennen, warum führen all diese Kämpfe zu nichts?

Da ist Blut an deinen Händen, und der Weg endet hier.

24

Es folgte eine harte Zeit, in der ich alles versuchte, um Esther wiederzugewinnen, ich lauerte ihr auf, schrieb ihr jeden Tag sieben Briefe, bettelte, flehte, drohte, heischte nach Mitleid, aber Esther wußte genau, was sie wollte. Sie wollte Henry.

Ich hatte mit Esther gesprochen, fünf Stunden lang, sie war kühl gewesen, ich hatte die meiste Zeit einen Kloß, groß wie ein Fußball, im Hals gehabt. Das Ganze schien wie ein endgültiger Punkt. Und das mitten im Satz. Esther meinte, es wäre wohl besser, wir würden uns eine Zeitlang nicht mehr sehen, aber es kam auch dieser Spruch von Laß uns Freunde bleiben. In dem Augenblick hätte ich sie am liebsten geschlagen, sie brauchte mich nicht zu verarschen, es reichte, daß sie keine vernünftige Erklärung parat hatte, ja, sie hatte sich in Henry verliebt, und das war so, weil es so war.

Jeden Morgen fiel es mir schwerer, einen Grund zu finden, die Füße auf den Boden zu stellen und aus dem Bett zu steigen, ich wollte nur noch die Decke über den Kopf ziehen und schlafen, im Schlaf verschwand der ganze

Scheiß. Doch ich stand immer wieder auf und wartete stundenlang vor ihrer Haustür, schmiß nachts Steinchen an ihr Fenster oder klingelte, wenn ich sicher war, daß Henry nicht da war.

Einmal sah ich die beiden knutschen, mein Puls war auf 280, meine Augen tränten wie verrückt, meine Liebe war dahin, mein Stolz war gekränkt, mein Selbstbewußtsein gebrochen, das tat mir so weh, sie zu beobachten, doch ich schaffte es nicht, meinen Blick abzuwenden oder sogar fortzulaufen, irgendwann würde der Schmerz mich in einen Stein verwandeln, irgendwann, vielleicht wenn Henry Esther gerade vögelte, irgendwann würde ich vielleicht wissen, was ich auf dieser Welt noch sollte, außer übers Wasser laufen und durchs Feuer rennen.

Es dauerte drei Wochen, bis ich einsah, daß es tatsächlich keinen Sinn hatte, und ich verschrieb mir eine Therapie.

Ich kaufte zehn Flaschen Tequila und zehn Kästen Bier, ich klemmte die Klingel und das Telefon ab, zog die Vorhänge zu und trank. Ich trank und hörte Musik, schlief und pinkelte, heulte und kotzte, Essen vermied ich weitgehend. Draußen war mittlerweile so etwas wie Sommer, und während die anderen sich eine gesunde Bräune leisteten, erfreute ich mich an den Ringen unter meinen Augen, meinen Magenschmerzen, dem Schimmel in der Küche und den leeren Flaschen, die ich wie Trophäen auf dem Bücherregal aufreihte, vielleicht mußte man seine Depressionen ausleben. Ich, ich wollte Esther aus meinem Gedächtnis streichen, ich wollte nie mehr verletzlich sein, aber die Erinnerungen bahnten sich einen Weg durch mein Hirn wie Salzsäure.

Mein Körper versagte sehr schnell, zuerst bekam ich Pickel und Magenkrämpfe, dann wurden meine Muskeln schlaff, und noch eine Weile später fingen meine Hände an zu zittern, wenn ich aufwachte. Ich wusch mich nicht mehr, ich wollte ohne Esther nicht leben, aber sterben wollte ich auch nicht, und so suchte ich einen Mittelweg. Ab und an klopfte es an der Tür, und ich ahnte, daß es draußen noch Menschen gab, doch ich reagierte nicht darauf, die konnten mich alle am Arsch lecken, ich kam ohne sie zurecht, ich brauchte nur mein tägliches Pensum an Alkohol und Schmerztabletten, meine alten Joy-Division-Platten und sonst GAR NICHTS auf dieser Welt. Ich hasse euch alle, und wenn ich eines Tages rauskommen sollte, werde ich Amok laufen, also verpißt euch besser.

Ich wußte nicht, ob draußen Tag oder Nacht war, ich wachte auf, machte Musik an und trank mein erstes Bier und dann Bier und Tequila durcheinander, bis ich sturzbesoffen irgendwo einschlief, ab und an mußte ich kotzen, meistens schaffte ich es bis ins Badezimmer.

Der Alkoholvorrat ging langsam zur Neige, als ich Halluzinationen hatte und immer wieder Kais Stimme hörte.

– MACH AUF ALEX VERDAMMTE SCHEISSE ICH WEISS DASS DU DA DRINNEN BIST ICH HÖR DICH DOCH JETZT LASS MICH ZWEI MINUTEN REIN DU BLÖDKOPF.

Ständig hörte ich diese Stimme und manchmal auch ein Klopfen an der Tür, aber ich brachte beides nicht in Zusammenhang, und es kümmerte mich auch nicht, bis Kai auf einmal vor mir stand.

Ich dachte, das war's, Alex, du hast den Verstand verloren. Ich fühlte mich erleichtert, jetzt konnten sie mich in die Geschlossene stecken, und ich konnte den Rest meines Lebens mit Halluzinationen und Psychopharmaka verbringen. Ich hatte mich in den Wahnsinn gerettet.

Kais Hand sauste auf meine Wange nieder, und trotz des Alkohols spürte ich einen Schmerz, Kai stand leibhaftig vor mir und schlug mir noch einmal ins Gesicht.

– SPINNST DU? DU KANNST DICH DOCH HIER NICHT ZU TODE SAUFEN, DU HAST FREUNDE MANN, DU KANNST NICHT EINFACH AUFGEBEN! SUCH DIR DOCH GLEICH EIN HOCHHAUS! DU KANNST DICH NICHT SO GEHENLASSEN, DU ARSCHLOCH. Weißt du, wie viele Freunde ich habe, weißt du das? Die kann ich nicht krepieren lassen!

Er kickte eine halbvolle Bierflasche durchs Zimmer, und ich hatte noch ein wenig Schwierigkeiten zu glauben, daß das alles hier geschah.

– Ich habe immer gedacht, du würdest mich bei so was anrufen, aber ich hab's erst von Henry erfahren. Du bist ja nicht zu erreichen, jahrelang habe ich hier angerufen, Henry hat wohl fast jeden Tag die Tür halb eingetreten. Bist du entschlossen, den Rest deines Lebens so zu verbringen?

Ich stand da wie ein Komparse, der nicht weiß, wo er hingehört, während Kai sich daran machte, die vollen und halbleeren Flaschen in den Ausguß zu kippen.

– Leg dich ins Bett, und schlaf mal richtig, ab morgen ziehen wir ein Gesundheitsprogramm durch.

Ich war willenlos und stumm, ich war froh, daß jemand da war, der mir die Last, mich um etwas kümmern zu müssen, von den Schultern nahm, ich sollte mich ins Bett legen? Okay.

Als ich aufwachte und die Augen aufschlug, brannte die Sonne zwei dunkle Löcher in mein Hirn, die Vorhänge waren aufgezogen und die Fenster gekippt, ich stand auf. Ich glaube, ich hatte einen Sauerstoffschock. Die ganze Wohnung sah picobello aus, es war, als erwache man aus einem bösen Traum, nur mein Schädel erinnerte mich an die Realität.

– Komm, auf, auf, jetzt wird wieder jeden Morgen gejoggt. Nur Nutten verdienen ihre Kröten im Bett.

Kai war hinter mir aufgetaucht, ich drehte mich um, ich war echt gerührt, aber ich hätte keine zweihundert Meter joggen können, meine Hände zitterten, ich brauchte dringend ein Bier.

– Wie lange habe ich ...?
– Fast vier Wochen!
– Und die beiden?
– Scheinen sehr glücklich ... sind gestern nach Prag. Biste sauer auf Henry?

Ich schüttelte den Kopf.

– Ich bin sauer, daß es so ist wie es ist, aber das ist nicht Henrys Schuld ... auch nicht Esthers, denk ich.
– Henry fühlt sich echt beschissen wegen dir, er hat Angst ...
– Sag ihm, braucht er nicht, er ist mein Freund. Nur wäre es mir lieber, ich würde ihn 'ne Zeitlang nicht sehen ... Was machen dein Arm und die Rippen?
– Wieder ganz fit soweit, war halb so schlimm.

Da stand er vor mir, abgebrochenes Studium, Nina hatte sich umgebracht, er war zusammengeschlagen worden, sein Freund hatte nur Blödsinn im Kopf. Er lächelte mit der Filterlosen zwischen den Lippen, bei all dem Scheiß war er für mich da. Ich bewunderte ihn, er ließ sich nicht kleinkriegen, nein, Irre lassen sich nicht so schnell killen, gegen ihn war ich echt ein wehleidiges Arsch. Ich hätte ihn in meinem Zustand beim Ringen immer noch mühelos mit dem Rücken zu Boden gebracht, aber seine Power ging mir ab. Ich hatte eine Verbissenheit, die mich lähmte, und wenn ich einstecken mußte, setzte ich mich hinterher in die Ecke und leckte meine Wunden, während Kai grinsend fragte: – War das schon alles?, und sich auf den nächsten Kampf vorbereitete.

Ich ging auf Toilette und kotzte ein wenig klare Flüssigkeit, während Kai sich daran begab, Rührei mit Speck

zu machen, er hatte groß eingekauft, ich war froh, daß er da war, ich fühlte mich nicht mehr ganz so einsam auf dieser Welt.
– Judith gibt am Samstag 'ne Fete, du bist auch eingeladen!
– Was haben wir heute überhaupt? AUSSERDEM ...

– Montag, außerdem ... Henry und Esther kommen erst in zwei Wochen wieder.
Da erst ging mir auf, daß er gesagt hatte, daß sie nach Prag gefahren waren, ich brauchte dringend einen Schluck zu trinken, wir wollten doch zusammen fahren, man wurde nur verarscht und betrogen, ich fühlte mich hundeelend.
– Nach dem Frühstück wird gejoggt, klang es aus der Küche.
– Ich frühstücke später, ich leg mich erst noch mal ein paar Stunden hin.

Ich trank nichts, wir joggten, stemmten Hanteln, spielten Basketball, aßen unwahrscheinlich gesund, und ich schlief viel, zwölf, vierzehn Stunden am Tag, aber bis Samstag war ich dann tatsächlich in einem halbwegs vorzeigbaren Zustand, die ganze Bewegung verschaffte mir eine Art Befriedigung, ich bekam es hin, nicht sehr oft an Esther zu denken, höchstens ein-, zweimal pro Minute, außerdem hatte ich Kai immer vor Augen, er steckte alles weg, nur beim Joggen und Basketball hatte er Schwierigkeiten, Kettenraucher sind eben immer ein wenig kurzatmig.

Auf der Fete hielt ich mich dann zurück mit allem, mit den harten Getränken, mit den Leuten, ich redete nicht viel, ich tanzte nicht, mir war nicht wirklich nach Fete zumute, so stand ich an eine Wand gelehnt, süffelte mein

Bier und beobachtete die anderen, ich versuchte mitzukriegen, wer das Mädchen war, das immer in einer Ecke saß und so herzzerreißend weinte, wer immer diese Sauerei mit dem Nudelsalat veranstaltete, und vor allen Dingen, welcher Spezie dafür sorgte, daß man am nächsten Morgen über Hunderte von angebrochenen Bierflaschen stolperte, die in der Gegend rumstanden und ein unglaubliches Aroma verbreiteten.

Das Mädchen hieß Heike, ich sprach sie an, und sie erzählte mir, sie verstehe sich mit ihren Eltern nicht, ihr Freund habe sie verlassen, ihr Job sei langweilig, sie könne überhaupt nicht verstehen, wie andere Leute so viel Kraft aufbrächten, das sei doch ein Scheißleben, erst gestern sei sie bestohlen worden, sie wolle nicht mehr leben, alle seien so gemein zu ihr, sie werde sich noch heute nacht umbringen, jawoll.

Mir wurde endgültig klar, daß ICH leben wollte. Ich ging und ließ sie weiterheulen.

Kai und Judith waren besoffen und veranstalteten die Sauerei mit dem Nudelsalat. Auch gut, dachte ich mir, werde ich mal drauf achten, ob es immer die beiden sind, ich wollte Kai auf die Schulter klopfen und mich noch mal bedanken, aber er war gerade zu sehr damit beschäftigt, unauffällig Götterspeise unter den Salat zu mischen, ich verschob es auf später.

Den Kerl mit den angebrochenen Bierflaschen auszumachen kostete mich mehrere Stunden, ich bekam schon ein wenig Schlagseite, doch ich nahm mir fest vor, es nicht zu übertreiben. So gegen drei hatte ich ihn endlich, er sah ein bißchen aus wie der Typ, der mich damals mit seinen Autogeschichten zugelabert hatte, er schrie und lachte am lautesten und machte sich andauernd eine neue Flasche auf, nachdem er aus der alten kaum mehr als einen Schluck getrunken hatte.

Als er gerade auf Toilette ging, mit einer neuen Flasche in der Hand, zwängte ich mich hinter ihm durch die Tür und schloß ab, er sah mich entsetzt an. Ich nahm ihm die Flasche aus der Hand und stellte sie auf den Kasten der Klospülung, dann verpaßte ich ihm eine Gerade auf den Solar Plexus, nicht zu feste, nur so, daß ihm die Luft wegblieb, ich packte ihn und drückte ihn gegen die Wand, er brachte kein Wort raus.

– So, mein Freundchen, ab jetzt wirst du auf jeder Fete deine Biere bis zum LETZTEN TROPFEN austrinken. IST DAS KLAR? Ich bin es leid, morgens deinen Scheiß in den Ausguß zu kippen. Kapiert?

Er nickte schüchtern.

– Dann fang mal an!

Ich reichte ihm seine Flasche.

– Auf Ex, sonst geht's dir dreckig!

Er versuchte, tief durchzuatmen, aber es gelang ihm nicht, seine Hand zitterte, er schloß die Augen und setzte an, es war eine Halbliterflasche, er verfluchte sich wahrscheinlich, daß er nicht schon mehr davon getrunken hatte, und nach zwei Dritteln setzte er ab und kotzte in die Wanne. Der Gestank war scheußlich, ich ging raus und holte mir noch was zu trinken.

Gegen Sonnenaufgang wurde es zusehends leerer, ich erlaubte mir einen großen Wodka-Kirsch mit Eiswürfeln zum Abschluß und ging vor die Tür. Ich liebe diese Sonnenaufgänge, ich setzte mich auf den Bürgersteig, das Gesicht gen Osten, klimperte mit dem Eis und dachte an Esther, es war schwer ohne sie. Abgesehen davon, daß ich sie liebte, war sie ein Teil meines Lebens gewesen, und das konnte man nicht einfach so rausreißen, da blieb in Loch.

Jemand kniete sich hinter mich und massierte meinen Nacken. Ich drehte mich nach einiger Zeit um und erkannte Judith, sie zwinkerte mir zu.

Esther hatte mich also verlassen, und da war dieser Schmerz, vielleicht würde ich mich mal an einem Roman versuchen. Ich drehte meinen Kopf wieder der Sonne zu, lächelte, genoß das Kneten der Hände und Judiths Duft.

Ich blickte finsteren Zeiten entgegen.

ZU-GA-BE

Dies ist kein Epilog, kein Nachwort, dies ist eine Zugabe. Sie hat nichts mit dem Buch zu tun, das Buch ist bereits zu Ende, ihr habt bekommen, wofür ihr bezahlt habt, die Zugabe ist gratis, und ich habe hier alle Freiheiten, ich kann hier machen, was ich will, es muß keinen Sinn ergeben. Ich kann Sätze schreiben wie:

Ich wollte schon immer mal dem Papst in die Eier treten.

Der verregnete Tag im August, an dem Ned, Henry und ich die beinamputierte Hure fickten, war auch nicht anders als alle anderen auch.

Oder:

Wisch sie weg, die roten Winde, die ich mit meinen Fingern auf deine Wangen gemalt habe.

Ich brauche mich hier um nichts mehr zu kümmern, doch da ist eine Sache, die ihr vielleicht wissen solltet:

Entschuldigt bitte die Erwähnung von Büchern, Platten, Orten und Filmen, die euch vielleicht nichts sagen. Sie haben einen festen Platz in meinem Leben, aber keine weitere Bedeutung für das Buch. Vergeßt sie, wenn ihr wollt.

Und wenn ihr Esther begegnet – und ihr werdet ihr in irgendeinem Leben begegnen –, grüßt sie von mir. Ich liebe sie. Überhaupt nicht mehr.

Ich höre im Augenblick gerne Walkabouts, vor allem die New West Motel, und mache überall mein Maul auf, wo ich es für angebracht halte. Wenn Leute sich zu sehr über irgendeinen Scheiß aufregen, grinse ich und sage: – Jajaaa, und die Todesstrafe sollten wir auch wieder einführen.

Ich weiß, woher die Redewendung: Da liegst du aber

falsch, kommt. Sie geht zurück auf Jesse James. Er ging einmal in einen Puff und bezahlte für Eleonore von Zimmer 7, die eine alte Schabracke war, stieg die Treppen hoch und schlich sich in Zimmer 3, das Zimmer der blutjungen Wendy, die allerdings auch mehr kostete. Mittendrin kam die Puffmutter rein und sah Jesse auf Wendy und sagte:

– DA LIEGST DU ABER FALSCH. Jesse lag nicht nur da, er bewegte sich, und weil die Puffmutter sich so schlecht ausgedrückt hatte, ließ er sich nicht weiter stören und sah zu, daß er zu einem Ende kam. Es war Jesses letzter Fick, bevor die feige Ratte von Robert Ford ihm in den Rücken schoß. Wendy wurde schwanger und gebar einen Sohn, meinen Urururgroßvater. Frank James, Jesses Bruder, hat in dieser Geschichte nichts zu suchen, nur damit das klar ist.

Ich kann auch Einradfahren, und mein Deutschlehrer hat mir früher gesagt, daß nur Kinder und Primitive ihre Sätze mit Ich beginnen, was mich für mehrere Jahre sehr gehemmt hat beim Schreiben. Aber ein Schriftsteller braucht Mut und Ehrlichkeit, und so habe ich mir irgendwann gedacht: Schreib einen Roman, verbrat darin jedes Klischee, das dir einfällt, laß es etwas holprig klingen, nimm nicht soviel Handlung, sondern konzentrier dich auf dich selbst, das ist schließlich sehr wichtig. Für jemanden, der mal ein anerkannter Egomane werden möchte.

Ich möchte einmal sterben wie jemand, von dem man sagt:

Der muß verliebt gewesen sein.

Aber ich will mindestens 90 werden.

Wozu hast du überhaupt Augen im Kopf?
Zum Weinen!

Ich kann nicht glauben, daß Bullen irgendeine Art von Ausbildung genossen haben sollen.

Ich danke Bernd, Christian, Stephan, Martin, Ralf, Tim, Miriam, meinen Eltern, meinem Bruder, Heidi, Christian E. für seine Hilfsbereitschaft, dem Erfinder der Erdnüsse und all den Fremden, die mir mal geholfen haben (Autopannen, Geldnöte usw.).

Keep on fighting oder wie Henry immer sagt:

Es gibt nichts, was es nicht gibt, und wir können alles schaffen! Wenn ich euch etwas mit auf den Weg geben müßte, wäre es:

Seid wachsam, stellt euch mit dem Rücken zum Spiegel, bleibt unberechenbar, keiner kann euch was, jeder ist Gott, stark und unbesiegbar, tretet euch ab und an selber in den Arsch, und erobert die Welt.

Aber das ist alles Schwachsinn!

Es werden sowieso eines Tages Drachen auf Telegrafendrähten sitzen, Black magic woman summen und von dem brennenden Wunsch beseelt sein, Feuerwehrmänner zu werden, während wir nichts wissen, das etwas wert wäre und vor lauter Glückseligkeit durchs Nadelöhr flutschen.

AtV

Band 1459

Selim Özdogan
Nirgendwo & Hormone

Roman

223 Seiten
ISBN 3-7466-1459-7

Phillip wollte noch einmal mit Maria schlafen, um der alten Zeiten und der guten Gefühle willen, und nun ist ihr Mann hinter ihm her. Gemeinsam mit einem Freund flieht Phillip durch die Wüste, ein paar Büchsen Bier und eine gute Kassette im Auto und bald auch eine geheimnisvolle Anhalterin auf dem Rücksitz. Aber kaum wähnen sie sich in Sicherheit, taucht der Verfolger wieder auf, und sie geraten auf der Flucht in Gegenden, die sie nicht kennenlernen, und machen Erfahrungen, die sie vermeiden wollten.

»Diese Geschichte ist die atemloseste, die ich seit Philippe Djans ›Blau wie die Hölle‹ gelesen habe.«
Jens-Uwe Sommerschuh, Sächsische Zeitung

A^tV

Band 1541

Michel Birbæk
Was mich fertigmacht, ist nicht das Leben, sondern die Tage dazwischen

Roman

219 Seiten
ISBN 3-7466-1541-0

Ein schneller, böser, witziger Roman über das hektische Leben eines Musikers, der notgedrungen beschließt, das Gaspedal voll durchzutreten.

»Das ist ein Buch übers Träumen, Jungsein, Älterwerden. Es scheint mit leichter Hand geschrieben, das heißt: Birbæk hat ein sehr komisches Erzähltalent.«
Elke Heidenreich

»Wer nach einem Frühlingsbuch sucht, wer Blues nicht nur für einen Musikstil hält und wer wissen will, wie Rock'n'Roll sich beim Lesen anfühlt, für den ist Birbæks Roman allererste Wahl.«
Wolfsburger Nachrichten

AtV

Band 1610

Johannes Theodor Barkelt
Klarer Fall

Kriminalroman

128 Seiten
ISBN 3-7466-1610-7

Ein Aktenschrank, zwei Schreibtische, ein Schild an der Bürotür – alles, was Biebert und Krollmann, Ex-Soldat und Ex-Versicherungsvertreter, noch fehlt, ist der erste Klient. Der erscheint, zahlt bar und zerstreut damit kleinliche Bedenken. Man macht seine Arbeit und hat mit dem Rest nichts zu tun – ein solider Routinejob. Schwierigkeiten? Woher denn. Rotlichtmilieu? Nonsens! Einfach nur ein »Klarer Fall«.
Ein lakonisch-witziger Krimi aus Berlin.